U0548085

民国ABC丛书

诗歌学 ABC

胡怀琛　著

图书在版编目（CIP）数据

诗歌学ABC / 胡怀琛著. —— 北京：知识产权出版社，2017.1
（民国ABC丛书 / 徐蔚南等主编）
ISBN 978-7-5130-4650-3

Ⅰ.①诗… Ⅱ.①胡… Ⅲ.①古典诗歌—诗歌研究—中国 Ⅳ.①I207.22

中国版本图书馆CIP数据核字（2017）第020376号

责任编辑：文 茜	责任校对：谷 洋
封面设计：sun工作室	责任出版：刘译文

诗歌学ABC

胡怀琛 著

出版发行：知识产权出版社有限责任公司	网　址：http://www.ipph.cn
社　址：北京市海淀区西外太平庄55号	邮　编：100081
责编电话：010-82000860 转 8342	责编邮箱：wenqian@cnipr.com
发行电话：010-82000860 转 8101/8102	发行传真：010-82000893/ 82005070
印　刷：北京科信印刷有限公司	经　销：各大网上书店、新华书店及相关专业书店
开　本：880mm×1230mm　1/32	印　张：5.25
版　次：2017年1月第1版	印　次：2017年1月第1次印刷
字　数：60千字	定　价：25.00元

ISBN 978-7-5130-4650-3

出版权专有　侵权必究
如有印装质量问题，本社负责调换。

再版前言

民国时期是我国近现代史上非常独特的一个历史阶段，这段时期的一个重要特点是：一方面，旧的各种事物在逐渐崩塌，而新的各种事物正在悄然生长；另一方面，旧的各种事物还有其顽固的生命力，而新的各种事物在不断适应中国的土壤中艰难生长。简单地说，新旧杂陈，中西冲撞，名家云集，新秀辈出，这是当时的中国社会在思想、文化和学术等各方面的一个最为显著的特点。为了向今天的人们展示一个更为真实的民国，为了将民国文化的精髓更全面地保存下来，本社此次选择了世界书局于1928~1933年间出版发行的ABC丛书进行整理再版，以飨读者。

民国ABC丛书 ‖ 诗歌学 ABC

　　世界书局的这套ABC丛书由徐蔚南主编，当时所宣扬的丛书宗旨主要是两个方面：第一，"要把各种学术通俗起来，普遍起来，使人人都有获得各种学术的机会，使人人都能找到各种学术的门径"；第二，"要使中学生、大学生得到一部有系统的优良的教科书或参考书"。因此，ABC丛书在当时选择了文学、中国文学、西洋文学、童话神话、艺术、哲学、心理学、政治学、法律学、社会学、经济学、工商、教育、历史、地理、数学、科学、工程、路政、市政、演说、卫生、体育、军事等24个门类的基础入门书籍，每个作者都是当时各个领域的知名学者，如茅盾、丰子恺、吴静山、谢六逸、张若谷等，每种图书均用短小精悍的篇幅，以深入浅出的语言，向当时中国的普通民众介绍和宣传各个学科的知识要义。这套丛书不仅对当时的普通读者具有积极的启蒙意义，其中的许多知识性内容

再版前言

和基本观点,即使现在也没有过时,仍具有重要的参考价值,因此也非常适合今天的大众读者阅读和参考。

本社此次对这套丛书的整理再版,将原来繁体竖排转化为简体横排形式,基本保持了原书语言文字的民国风貌,仅对部分标点、格式进行规范和调整,对原书存在的语言文字或知识性错误,以及一些观点变化等,以"编者注"的形式加以标注,以便于今天的读者阅读。希望各位读者在阅读本丛书之后,一方面能够对民国时期的思想文化有一个更加系统、深刻的了解,另一方面也能够为自己的书橱增添一份用于了解各个学科知识要义的不可或缺的日常读物。

知识产权出版社

2016 年 11 月

ABC丛书发刊旨趣

徐蔚南

西文ABC一语的解释，就是各种学术的阶梯和纲领。西洋一种学术都有一种ABC，例如相对论便有英国当代大哲学家罗素出来编辑一本《相对论ABC》，进化论便有《进化论ABC》，心理学便有《心理学ABC》。我们现在发刊这部ABC丛书有两种目的：

第一，正如西洋ABC书籍一样，就是我们要把各种学术通俗起来，普遍起来，使人人都有获得各种学术的机会，使人人都能找到各种学术的门径。我们要把各种学术从智识阶级的掌握中解放出来，散遍给全体民众。

ABC丛书是通俗的大学教育，是新智识的泉源。

第二，我们要使中学生、大学生得到一部有系统的优良的教科书或参考书。我们知道近年来青年们对于一切学术都想去下一番工夫，可是没有适宜的书籍来启发他们的兴趣，以致他们求智的勇气都消失了。这部ABC丛书，每册都写得非常浅显而且有味，青年们看时，绝不会感到一点疲倦，所以不特可以启发他们的智识欲，并且可以使他们于极经济的时间内收到很大的效果。ABC丛书是讲堂里实用的教本，是学生必办的参考书。

我们为要达到上述的两重目的，特约海内当代闻名的科学家、文学家、艺术家以及力学的专门研究者来编这部丛书。

现在这部ABC丛书一本一本的出版了，我们就把发刊这部丛书的旨趣写出来，海内明达之士幸进而教之！

一九二八，六，二九

例　言

一、本书为专门研究中国诗歌的人而作的，性质略等于中国诗歌概论。

二、本书的"诗歌"二字，包括诗、词、散曲、民歌、新诗及诗歌的旁枝即戏曲等项。

三、中国历代诗歌的变化，不单是形式上的变化，而在实质上变化得也很多。本书于形式、实质两方面，一并注意。

四、诗歌是情感的表现，因此，与民族有很大的关系。民族不同，情感就不同。在中国的诗歌里，因民族关系而发生的变化也很多。本书曾把他提出来说，请读者注意。

五、本书关于诗歌产生的原因一章，多取材于拙作《中国民歌研究》。原为五个原因，今推广为七个，是比较的完备一些。至于文字彼此详略的地方，则因各书的体例而异。读者鉴诸。

六、本书关于诗歌的旁枝一章，因为他是旁枝，所以只求大纲完备，比较详细的情形，不能多说。

七、本书有不妥的地方，请读者指教。

八、著者所作关于诗歌的书，还有几部，读者可随意取来参考，那么，对于阅读本书，也不无帮助的地方。书名如下：《新诗概论》《小诗研究》《中国民歌研究》《中国八大诗人》《中国文学辨正》《胡怀琛诗歌丛稿》，以上皆由商务印书馆出版。《胡氏儿歌》，以上中华书局出版。《历代白话诗选》《唐人白话诗选》，以上皆由中原书局出版。

目 录

第一编　何谓诗歌

全一章　从诗歌产生的年代及产生的原因说明何谓诗歌　3

一、总　论　5

二、诗歌产生的年代——在有文字以前　7

三、产生原因之一——为男女爱情的媒介物　8

四、产生原因之二——为悲伤时发抒郁结之用或快乐时助兴之用　13

五、产生原因之三——为战争时鼓动尚武精神之用　17

六、产生原因之四——为工作时唱来安慰自己或同伴 20

七、产生原因之五——祀神时唱来媚神 22

八、产生原因之六——将语言编为整齐有韵的诗歌式使得便于记诵 25

九、产生原因之七——将语言编为巧妙的诗歌式以当游戏 28

十、如何研究诗歌 29

第二编　中国诗歌形式上的变化

第一章　从口诀到诗、词、散曲、新诗 35

一、总　论 37

二、何谓口诀 38

三、何谓诗歌 43

四、口诀和诗歌的混合——五七言诗的成立 49

目 录

　　五、口诀和诗歌的分离——杂言古诗的复活及词曲的产生 55

　　六、将来变化的推测——新诗的将来 62

第二章　诗歌的旁枝（戏曲）67

　　一、总　论 69

　　二、旁枝之一——纪事诗 70

　　三、旁枝之二——纪事词 74

　　四、旁枝之三——挡弹词 76

　　五、旁枝之四——元曲 77

　　六、旁枝之五——昆曲 80

　　七、旁枝之六——京戏 81

　　八、旁枝之七——弹词 83

　　九、旁枝之八——摊簧 84

　　十、旁枝之九——大鼓 87

第三编　中国诗歌实质上的变化

第一章　因民族关系而发生的变化　93

一、总　论　95

二、周民族的温柔敦厚的情感　96

三、南方民族的神话　99

四、西北胡人的尚武精神及粗豪情感　103

五、将来变化的推测　108

第二章　因哲学关系而发生的变化　109

一、总　论　111

二、孔子的温柔敦厚的情感　112

三、老庄的玄谈　115

四、释氏的觉悟语　117

五、宋儒的理学语　120

六、将来变化的推测　122

目 录 ||

第三章　因政治关系而发生的变化　125

一、总　论　127

二、治世的歌颂　128

三、乱世的呼吁　133

四、外族压迫下的呻吟　141

五、将来变化的推测　146

编后记　148

第一编

何谓诗歌

Chapter 01
全一章

从诗歌产生的年代及产生的原因说明何谓诗歌

全一章　从诗歌产生的年代及产生的原因说明何谓诗歌

一、总　论

我们研究诗歌学，第一步，就是要把"诗歌"二字下一个定义。换一句话说，就是什么叫诗歌？我们要凭空把诗歌下一个定义，觉得很不容易；不如从诗歌的自身，看他是如何产生的，那么，诗歌是甚么❶，也可以不言而喻了。

要研究诗歌为甚么而产生的，当然推寻到最初产生的诗歌作品，那么，连带发生一个问题，就是诗歌是甚么时候产生的？

---

❶ 本书中"什么"和"甚么"混用，为再现原书原貌，在不影响读者阅读理解内容的情况下，对此不作修改，亦不再一一注明。——编者注

现在我们参考群书，证以实例，对于这一正一副的问题，答复如下：

（1）诗歌产生年代极早，是在有文字以前。

（2）诗歌产生的原因，共有七种：

①为男女爱情的媒介物。

②为悲伤时发抒郁结之用，或快乐时助兴之用。

③为战争时鼓动尚武精神之用。

④为工作时唱来安慰自己及同伴。

⑤祀神时唱来媚神。

⑥将语言编为整齐有韵的诗歌式，使得便于记诵。

⑦将语言编为巧妙的诗歌式，以当游戏。

不过，凡是文学作品，都以情感为主，诗歌为文学之一，当然也以情感为主，完全没有情感，不能算是诗歌。所以由⑥⑦两个原因而产生的，因为没有情感，不能算是诗歌；至多，只能说有诗歌的形式罢了。

这是一个大略，详细的说明，请看下文罢。

二、诗歌产生的年代——在有文字以前

为甚么说诗歌的产生在有文字以前呢？原来诗歌是用口唱，不是必须用文字写的；所以在没有文字以前，可以有诗歌。而诗歌又是人民情感的表现，情感是天生成有的，不必学而后能，所以太古人民或野蛮民族，其他的学术都不曾有，而诗歌总是有的。

再放宽一步说，不但人类有诗歌，有些动物也有诗歌。嘤嘤的鸟声，就是鸟子的诗歌；唧唧的虫声，就是虫子的诗歌。鸟子、虫子且有诗歌，何况是人类。读者如不信，请

看下面诗歌产生的原因，就可以知道。

如要引实例为证，也不必引旁的例，只看中国社会上流行的民歌，创作的人，并不是甚么有学问、读书、识字的人。传习的人，他们都是用耳朵听来，用口唱。倘使把他们唱得烂熟的歌，写在纸上，他们反而一字不识了。

总之，诗歌是人们情感的表现，情感发动了，自然而然的唱出来，自然而然的成了音节，自然而然的能感动他人。只凭口唱，不凭笔写。所以同文字可以不发生关系。这一层说明白了，下文再说诗歌产生的原因。

三、产生原因之一——为男女爱情的媒介物

为甚么说诗歌是男女爱情的媒介物呢？在太古时代或野蛮民族，男女相悦，多用唱歌

全一章　从诗歌产生的年代及产生的原因说明何谓诗歌

做媒介。旁的不说，单说中国的苗、瑶各族，就是这样。他们结婚的方法，就是在风和日丽的时候，男女相与唱歌于山巅水涯，大家合意的，便约为婚姻，当时就结婚。结婚以后，才各告诉他们的父母，名目叫做"跳月"，也有的将情歌刻于刀上，写于扇上，以相赠馈，谓之刀歌、扇歌。这就是野蛮人用诗歌做爱情媒介物的一个证据。如说到我们，在太古时代，大概也是如此。国风以前，不可考了，就是《国风》里采兰赠药，多半是男女相悦之词。到了后世，就变了一种艳诗，直到现在还盛行。

不但是人如此，就是鸟子和一小部份❶的虫子也是如此。他们求偶的方法，就是唱出好听的曲子来，博他嘉耦的快乐，引起他嘉耦的爱情。人既是动物之一，所以求偶的方法，也是这样。尤其是太古人及野蛮人和鸟子、

---

❶ "部份"，今作"部分"。为保持原书原貌，不作改动。下不另注。——编者注

虫子更相近，故求偶的法子更相同。

苗、瑶民族的情歌，从前人的书里，也有把他记下来的。如苗歌云：

金龙妹，日夜相思路难通。寄歌又没亲人送，寄书又怕人开封。

远处唱歌没有离，近处唱歌离一身。愿兄为水、妹为土，和来捏作一个人。（"离"字不可解）

瑶歌云：

思狼❶猛！行路也思、睡也思。行路思娘留半路，睡也思娘留半床。（娘，指情女）

邓娘同行江边路，却滴江水上娘身。滴水一身娘未怪，要凭江水作媒人。（邓译言与）

---

❶ 此处原书有误。据前后文意，"狼"当为"娘"——编者注

全一章　从诗歌产生的年代及产生的原因说明何谓诗歌

就我们汉人说,现在江、浙一带流行的民歌,也就有一部份是情歌。如云:

竹公,竹婆,竹爷娘!今年让儞长,明年让我长。儞长无用处,我长嫁儿郎。(儞,同你)

一年去,一年来!又见梅花带雪开。梅花落地成雪片,开窗等雪待郎来。

这完全是真情流露,并非有意做出来的,所以不必要有知识的人,亦不必要有学问的人,也会做。他们做这样的诗,就是为男女爱情的媒介。

黄公度的诗集里,载著一首《都踊》歌。是他在日本时做的。他看见日本西京民间的风俗,男女以歌舞为爱情的媒介,就仿他们唱歌的口吻,做这《都踊》歌。他们的序道:"七月十五至晦日,每夜亘索街上,悬灯数百,儿女艳妆靓服为队,舞蹈达旦,名曰'都踊'。

所唱皆男女猥亵之词……"歌曰：

　　长袖飘飘兮髻峨峨，荷荷！裙紧束兮带斜拖，荷荷！分行逐队兮舞傞傞，荷荷！往复还兮如掷梭，荷荷。回黄转绿兮接莎，荷荷！中有人兮通微波，荷荷。贻我钗鸾兮，馈我翠螺，荷荷。呼我娃娃兮，我哥哥，荷荷。柳梢月兮镜新磨，荷荷！鸡眠、猫睡兮、犬不呵，荷荷！来不来欢奈何？荷荷！一绳隔兮阻银河，荷荷！双灯照兮晕红涡，荷荷！千人万人兮，妾心无他，荷荷！君不知兮弃则那，荷荷！今日夫妇兮，他日公婆，荷荷！百千万化身菩萨兮受此花，荷荷！三千三百三十三座大神兮听我歌！荷荷！天长地久兮无差讹，荷荷！

　　"荷荷"二字，有声无辞，这样有声无辞的字，在中国乐府里也有的。这可以见以诗为男女爱情的媒介物，无论甚么地方，无论甚么时候的人，都是如此。

在中国的诗歌界里，旧式诗人涂脂抹粉的"香奁诗"，卿卿我我的"疑雨体"，都是从这个原因产生出来的。新式诗人"我爱你""你爱我""哥哥""妹妹"的情诗，也都是从这个原因产生出来的。由这一个原因而产生的诗，当然要占全诗歌的一大部份，谁也不能否认他不是诗。

不过有一个问题要解决，就是他们诗歌里所表现的情，是不是真情？倘然是真情，那就是顶好的诗歌；倘然不是真情，那就是"肉麻的话"了。

四、产生原因之二——为悲伤时发抒郁结之用或快乐时助兴之用

为甚么说诗歌为悲伤时发抒郁结之用，或快乐时助兴之用。这句话不必要我自己回答，

可以拿《诗序》（就是《诗经》的大序，相传是子夏做的，但不能确知是谁做的）里的一段话，来代我回答。诗序说：

> 诗者，志之所之也。在心为志，发言为诗。情动于中，而形于言，言之不足，故嗟叹之，嗟叹之不足，故咏歌之，咏歌之不足，故不知手之舞之，足之蹈之也。

后来朱子注《诗经》，做一篇序，也本著《诗序》的话，说道：

> 或有问于予曰："诗何为而作也？"予应之曰：人生而静，天之性也；感于物而动，性之欲也。夫既有欲矣，则不能无思；既有思矣，则不能无言；既有言矣，则言之所不能尽，而发于咨嗟咏叹之余者，又必有自然之音响节族（音奏）。而不能已焉，此诗之所以作也。

全一章　从诗歌产生的年代及产生的原因说明何谓诗歌

上面两段话，同是一个意思；我们再用浅近的文字，把他申说申说，就是：

人心中有了喜怒哀乐的情感，郁在胸中，不能再郁，于是要说出来；却又很婉曲，很微妙的，不是寻常的语言所能发表得出，于是带叹带唱的说出来，自然而然成了一种音节，那就是诗。做诗的人，把胸中的喜怒哀乐发表出来了，便觉得很舒服，很快活；叫他不要做，他便觉得沉闷不过。这便是诗为发抒喜怒哀乐之用。

喜怒哀乐的情感，不论甚么人都有的，不过，不感触则不发。而愈是理智程度低的人，情感愈是真，所以在太古时代，或未开化的民族，本着他自然的情感，发而为诗歌，往往有很好的作品。至于理智程度高的人，或者他没有真的情感，而却要做诗，那诗就不成诗了。可以送他一个名字，叫做"假诗"。

因为他诗中的喜怒哀乐，都是假的。

这一种诗的例子，可举一首樵夫哭母歌为例，歌道：

叫一声，哭一声，儿的声音娘惯听。如何娘不应？

樵夫是一字不识的人，他也不是有意要做诗，但是心里有很深的悲痛，说不出，只唱得出。不唱出来，闷在肚里，实在难受；唱了出来，就可以减少他心里的悲痛。看这一件事，诗是痛苦时发抒郁结之用，很明白了。反转来说，快乐时唱来助兴，也是一样。

由这个原因而产生的，也要情感是真的，才算是好诗。情感不真，假哭，假笑，那是甚么东西。

全一章 从诗歌产生的年代及产生的原因说明何谓诗歌

五、产生原因之三——为战争时鼓动尚武精神之用

为甚么说诗歌为战争时鼓动尚武精神之用？因为诗歌含有一种激刺性，如酒和烟一般，能够使人改变常度，能够使人发狂（专指一种激烈的诗歌而言）。战争的时候，很用得著。这不但人类如此，就是其他动物也是如此。试看蟋蟀是好斗的动物，他在遇著敌人的时候，往往振翼发声，这种作用，一方面是吓敌人，一方面是鼓动自己的尚武精神。人类的军歌，就是根于这原理而作的。大家都知道，旧俄国的哥萨克兵，是不可当❶的。他们的勇敢，或者是得着蒙古的军歌之助。旧友程善之，尝译蒙古军歌数章，自注谓，拔都西征，播以入俄，迄哥萨，无不知有诵

---
❶ "当"，当为"挡"。——编者注

之者。这歌的前五章云：

可汗如太阳，高高坐东方。威德之所被，煜为天下光。部属如草木，小丑如冰霜。草木日以长，冰霜日消亡。太阳有出没，可汗寿无疆。（可汗，音克寒。胡语，译言王）

惟我大可汗，手把旌与旗。下不见江海，上不见云霓。天亦无修罗，地亦无灵祇。上天与下地，俯伏肃以齐。何物蠢小丑，而敢当马蹄？

狮子夜吞月，可汗朝点兵。兵符一以下，千里不留行。壮士得兵符，中夜起秣马。秣马望天明，长啸大旗下。

美人送壮士，手把黄金卮。朔风栗以冽，凛凛倾城姿。美人语壮士：此去无濡迟！生当立功名，死当随鼓旗。无为作降虏，令我无容仪！

全一章　从诗歌产生的年代及产生的原因说明何谓诗歌

壮士拊手笑：何事多言为？我有七宝刀，砺志与相期。怅望日以久，而今乃得之。跃马一扬鞭，去去不复辞。白马溅赤血，少女施焉支。壮士赴战场，还似新婚时。（焉支，同胭脂）

前两章写国王的尊严，后三章写战士的勇敢，不怕死，就是我们不主张以武力侵掠他人的人，读了这军歌，也禁不住野心勃勃。这可见得他的刺激力之强烈了。各国多有军歌，独是我们中国，素来主张和平，所以没有这样的军歌。就是唐人的诗里，有些轻生敢死的话，也是在南北朝以后，胡人与汉人杂居，受了胡人的影响而变化的，不是汉族的本色。这话很长，待后面再说。（参看本书第三编第一章第四节）

由这个原因而产生的诗歌，以作者好斗的程度的高下，断定作品的好坏。例如前面所引的蒙古军歌，可以为证。他决非文弱书生所能拟作的。

六、产生原因之四——为工作时唱来安慰自己或同伴

为甚么说诗歌为工作时唱来安慰自己或同伴呢？凡人在工作的时候，总觉得很沉闷，尤其是用力的事，尤其沉闷。沉闷极了，禁不住要喊出来，我们寻常所听见的扛东西的人，所喊的"杭育！杭育！"的声音，可以说就是最简单的诗歌。他们这样的喊着，无非是借此发泄他们胸中的沉闷，可以忘记了劳苦，可以得到一种安慰。

再进一步，就是把工作的情形，或是另取一些故事，编成歌，在工作时，一面工作，一面唱。如此安慰了自己以外，还可以安慰同伴。

全一章　从诗歌产生的年代及产生的原因说明何谓诗歌

这一类的歌,在农人插秧时唱的,名为"秧歌",樵夫唱的,名为"樵歌",渔人唱的,名为"渔歌",牧童唱的,名为"牧歌",撑船的人唱的,名为"棹歌"。此外"采桑歌""采茶歌"等,又都是女子工作时所唱的了。

在中国古书里,渔歌,如《楚辞》里所引的:

沧浪之水清兮,可以濯我缨;沧浪之水浊兮,可以濯我足。

《水经注》所引的湘中渔歌:

帆随湘转,望衡九面。

《说苑》所引的榜人女歌:

山有木兮、木有枝,心悦君兮、君不知。

等歌,为最早。后来在诗集里看见这一类的诗更多,然已不是本来的面目,大多数是文人拟作的，或是文人取材于民歌而改作的。例如张志和的：

> 青箬笠，绿蓑衣，斜风细雨不须归。

这渔歌，就是文人拟的。

又如朱彝尊的《鸳鸯湖棹歌》，也是文人拟作的。不过中间有一首，我疑心他是采用原来的棹歌，而加以修饰的。歌云：

> 劝郎莫饮黄支犀，劝郎莫听花冠鸡。闻琴桥东海月上，乌夜村边乌未啼。

这一类的歌，直接歌咏工作的很少，大概都是情歌。如上面一首，就是情歌了。

七、产生原因之五——祀神时唱来媚神

为甚么说祀神时唱来媚神呢？在太古时

全一章　从诗歌产生的年代及产生的原因说明何谓诗歌

代或野蛮民族，没有不祀神的。祀神的仪式，除了拜以外，就是歌和舞。那么很用得着这样的媚神诗了。就西洋说，在希腊时，便有这样的诗歌。叶以四弦琴，遇着节期，赛会祀神，便唱着给神听。就中国说，《楚辞》里的《九歌》，就是楚人祀神时所唱的曲子。屈原见他文词鄙陋，把他改了一下，便成为今日所见的楚辞里的《九歌》。但是据我们的理想，在《九歌》以前，早已有了，不过没有确实的记载。《诗经》里没有这样祀神的诗，或说当时候不是没有，乃是被孔子删诗时删掉了。孔子是不语怪、不语力、不语乱、不语神的。祀神的诗，那有不被删的道理。(《诗经》里的颂，和祀神诗相似而不同。颂是祭祖宗时用的，不是祀神用的。子孙对于祖宗，还把他当一个人看待；所谓事死如事生，就是这个意思。所以颂里的祖宗，和《九歌》里的离奇怪诞的东皇太一、云中君、河伯、山鬼，

大不相同。这一层我们要辨清楚）

　　《九歌》共有十一首，不能全录，今录《山鬼》一首在这里，以代表中国最初的祀神的歌曲。

　　若有人兮山之阿，披薜荔兮带女萝。既含睇兮、又宜笑，子慕予兮善窈窕。乘赤豹兮、从文狸，辛夷车兮、结桂旗。被石兰兮、带杜蘅，折芳馨兮遗所思。予处幽篁兮终不见天，路险艰兮独后来。表独立兮山之上，云容容兮而在下。杳冥冥兮羌昼晦，东风飘兮神灵雨。留灵修兮憺忘归，岁既晏兮孰华予？采三秀兮于山间，石磊磊兮葛蔓蔓。怨公子兮怅忘归，君思我兮不得闲。山中人兮芳杜若，饮石泉兮荫松柏。君思我兮然疑作。雷填填兮、雨冥冥，猿啾啾兮、狖夜鸣。风飒飒兮、木萧萧，思公子兮徒离忧。（三秀，就是芝草）

这种唱歌媚神风气，中国直到现在，还没有革除。试看乡下每年迎神赛会时，必要演剧，这就是古时遗留下来的风俗，至今没有改变。

由这个原因而产生的诗歌，要看作者迷信的程度如何。迷信程度愈是深，情愈是真，诗歌愈是好。迷信程度浅，情就不真，那么，诗也就不好。

八、产生原因之六——将语言编为整齐有韵的诗歌式使得便于记诵

为甚么说将语言编为整齐有韵的诗歌式，使得便于记诵呢？就是因为古时抄写的工具没有发达，印刷更谈不到，要紧的语言，全要记忆在脑子里。但是语言冗繁，记忆起来，很不容易，不得不用口读熟了，帮助记忆。既然要读熟了帮助记忆，那就不得不编成整

齐有韵的诗歌式。不然，也就无法能读熟。在中国古时候的谚语，就是这样。（本来是谣、谚并称，然谣与谚不同。谣，大概是含一点刺讽时事的意味，如吴王夫差时童谣云："梧宫秋，吴王愁。"就是一个例。谚，略近格言，或是一种阅历有得之语，如云："曲则全"，就是一个例。所以谚当归入此类，而谣当归第二类，就是本章前面所说的七个原因中之第二原因）

我国古代有名的谚语，略录数则如下：

生相怜，死相捐。

众心成城，众口铄金。

长袖善舞，多金善贾。

这些话，本不必要拿他编成整齐有韵的诗歌式，所以编成这个格式，无非是取其便

全一章　从诗歌产生的年代及产生的原因说明何谓诗歌

于记忆罢了。

古代的识字书有急就篇,常识书有《三字经》,后世的医书里有所谓《汤头歌》,珠算里有"三一三十一""二一添作五"的歌诀。尤足以证明是为便于诵读、帮助记忆起见,才编成整齐有韵的诗歌式。就是记事诗,也是因此原因而产生的。

不过由这个原因而产生的,不能算是诗歌,除了记事诗以外,至多只可说有诗的形式。就是记事诗,也看如何记法,譬如着意抽写的,如《木兰诗》之类,尚可说是诗;倘不是着意抽写的,如《三字经》中的"夏有禹,商有汤,周文武,称三王。周辙东,王纲堕;逞干戈,尚游说",何尝不是记事,何尝不是整齐的句字,何尝不是有韵?然而他没有文学意味,恰和"三一三十一""二一添作五"一般,决不能算是诗。

九、产生原因之七——将语言编为巧妙的诗歌式以当游戏

为甚么说将语言编为巧妙的歌式,以当游戏呢?这是除了游戏以外,没有第二个作用。在中国古时候,这样诗歌式的游戏语,要算"少所见,多所怪;见橐驼,言马肿背"(见东汉时牟融所引古谚)为最有趣了。

其次,为汉乐府里的《枯鱼过河泣》,其诗云:

枯鱼过河泣,何时悔复及。作书与鲂鲤:相教慎出入!

也滑稽可笑。后世诗歌里的一切游戏诗,都出于此。(我前几年曾经调查旧诗中的游戏诗,共有三十多种体裁)

全一章　从诗歌产生的年代及产生的原因说明何谓诗歌

这样的游戏诗,据我们的理想,也不是至汉时才有。他们的产生,应该很早。但是我们现在所能看见的作品,要算上面两首最早而且最滑稽了。

由这个原因而产生的,除了滑稽的趣味以外,没有甚么。然而滑稽的趣味,含有些文学的趣味,而他的形式,又是诗,也免强[1]可认他是诗。若就情感说,那就不是诗了。

十、如何研究诗歌

我们读了上面各节,可以知道诗歌是甚么了。于是我们可以研究诗歌。但是,研究诗歌也有各方面的不同,我们不得不略说一说。

第一种,是普通的研究,或名初步研究。关于这种研究的书,普通称为"诗歌概论"。

---

[1] "免强",当为"勉强"。——编者注

第二种是专门的研究，或名进一步的研究。关于这种研究的书，大概分为三类如下：

（1）诗歌原理；

（2）诗歌史；

（3）诗歌的艺术。

诗歌是为甚么而产生的？诗歌和人生有甚么关系？研究这些问题的，是叫"诗歌原理"。

《诗经》，曾经孔子删过没有？《古诗十九首》是西汉人作的，或是东汉人作的？李白、杜甫和唐以前、唐以后的诗关系如何？研究这些问题的，是叫"诗歌史"。

凡是关于字句的结构、音节的调和等问题，是叫"诗的艺术"。

全一章　从诗歌产生的年代及产生的原因说明何谓诗歌

说到专门研究，往往一个人只能研究三类中的一类，或是两类。能于三类都能有精深研究的人很不多。

因为三类的性质不同，所以很难以一人兼顾。第一类，是要用研究哲学的方法去研究；第二类，是要用研究历史的方法去研究；第三类，那就是文学的本身了。三类的性质如此不同，所以以一人兼顾三类，很不容易。

究竟三类有切密的关系，在初步研究的人们，还是要关于三类的常识，都有一些。所以初步必须读"诗歌概说"一类的书。我这一书，就是预备供这个需要而作的。

第二编

中国诗歌形式上的变化

Chapter 01
第一章

从口诀到诗、词、散曲、新诗

第一章　从口诀到诗、词、散曲、新诗

一、总　论

我们研究中国诗歌，把他分为（1）形式和（2）实质两面研究，比较的容易明白。现在先讲形式。中国诗歌的形式，从一般人说起来，最早的是四言，到后来变为五言、七言，又由古诗变为律诗、绝诗，再由诗变为词，词变为曲。其实，并不是这样的情形。我以为他的形式的变化，乃是"口诀"和诗歌分合的关系，不单是诗歌变化的关系。因此，我们说到诗歌的形式的变化，不得不先说明何谓口诀。何谓诗歌？现在分别说来。

（1）何谓口诀；

（2）何谓诗歌；

（3）口诀和诗歌的混合；

（4）口诀和诗歌的分离。

二、何谓口诀

口诀，是把一件事情，或一番意思，编成整齐而有韵的文字。他是理智的，他的形式是很整齐的，他的目的是教人家容易念熟，念熟了，可以帮助人家的记忆力。（参看第一编第八节）

他和诗歌不同。诗歌是情感的，诗歌的形式，虽然可以整齐，但不必一定要整齐。诗歌的目的，不是要读者由这首诗得到一些知识，是要读者领会作者情感。

第一章　从口诀到诗、词、散曲、新诗

口诀发生很早,因为在上古时候,文字简单,不够充分的应用,许多事情,往往不用文字记载,只凭脑力记忆,要用脑力记忆,就不得不用口诀来帮助了。

最早的口诀,流传到现在,仍通行的,如《老子》上的"曲则全",是一句很古的口诀。在老子时已称是引用古语。此外周、秦、两汉人书中所引的古语,也都是古代流传下来的口诀。如:

畏首畏尾,身其余几。(《左传》引古谚。谚,为口诀的一种)

兽恶其网,民怨其上。(《国语》引谚)

从善如登,从恶如崩。(同上)

当断不断,反受其乱。(《史记·黄歇传》引谚)

三月昏，参星夕，杏花盛，桑叶白。(东汉崔寔《四民月令》引农语)

射的白，斛米百；射的玄，斛米千。(《水经注》引谚。射的，山名)

以上都是比较古的口诀。后世口诀更多，习珠算的有口诀；学医生有《汤头歌》；农人有占候天气的口诀，有播种及收获的口诀；小孩子读书，在没有教科书以前，开始就是读口诀，在汉朝有《急就篇》，南北朝有《千字文》，唐朝有《蒙求》，宋以后至清，有《三字经》。

《急就篇》，是汉朝史游撰的，是把人人必需的常识，编成七字有韵的文字。如中间记食品一段云：

稻、黍、秫、稷、粟、麻、秔。饼、饵、麦、饭、甘豆羹。葵、韭、葱、薤、蓼、苏、姜。芜荑、

第一章 从口诀到诗、词、散曲、新诗

盐、豉、醯、酢、酱。芸蒜、荠、芥、茱萸香。

《蒙求》,是五代时李瀚撰的,是把历史上名人的故事,编成四字有韵的文字。如云:

王戎简要,裴楷清通。孔明卧龙,吕望飞熊。扬震关西,丁宽易东。谢安高洁,王导公忠。

又云:

初平起石,左慈掷杯。武陵桃源,刘阮天台。

《千字文》,是南北朝周兴嗣撰的。《三字经》,是宋朝王应麟撰的。此二书至最近还很通行,不比《急就篇》和《蒙求》,不容易看见(《三字经》到宋以后,有他人增补过),这里不必多引。总之,自《急就篇》至《三字经》,都是著名的口诀书。他们的效力,的

确能帮助人家的记忆。后来除了几部著名的口诀书而外，还有许多零碎的口诀。有的是普通的，有的是属于一种职业的。如：

　　冷莫当风，穷莫借债。

　　活到了，学不了。

是普通的。又如：

　　大麦不过年，小麦不过冬。

　　六月不热，五谷不结。

是农家用的。

　　就是研究文学的人，也有他们的口诀。曾国藩品评古人诗文的口诀云：

　　《诗》之节，《书》之括，孟之烈，韩之越，马之咽，庄之跌，陶之洁，杜之拙。

第一章　从口诀到诗、词、散曲、新诗 ||

我从前也有个读诗的九字诀，云：

四言读毛，五言读陶，七言读《骚》。（毛，谓《毛诗》）

以上把口诀说明白了，我们再要知道口诀只是口诀，不是诗歌，切不可把他误认为诗歌。口诀为甚么不是诗歌？且看下文。

三、何谓诗歌

诗歌的最简单的界说，就是"诗言志，歌永言"。志字，当情字讲。诗言志，就是说，诗是表情的文字。歌永言，就是说，把言志的诗，拿来延长声音，慢慢的唱，就是歌。

由此可知：诗的条件，必须是表情的。形式虽然可以整齐，却不必一定要整齐。因为唱的时候，或缓，或急，字数可以任意增减，例如："别梦依依到谢家，小廊回合，曲栏斜"，可唱作："别梦依依，到了谢家，则见那小廊回合，曲栏斜。"

"了"字，"则见那"三字，都是随意加上去的。这就是由诗变成词、词变成曲的原因。

自从《诗经》中的诗，到后来的乐府，及民间流传的山歌，除了极少的一部份而外，决不拘定全首都是四言，或五言，或七言。

拘定四言，或五言，或七言的诗，他是已经口诀化了。

今人很提倡散文诗，我也赞成此说。不过要是表情的散文，可以慢慢的唱的，才可以算诗。不是任便写几句论说文、记事文，也可以算诗。旧文学里，很可以寻出些散文诗来。例如：

第一章　从口诀到诗、词、散曲、新诗

陌上花开，可缓缓归矣。（五代吴越王钱镠《寄妇书》）

这分明是散文。然而他饱含着诗意，所以也就是诗。我们就是要把他硬改为七言诗，也很容易。只消删去无关紧要的"可"字"矣"字，改成：

陌上花开缓缓归。

便是一句七言诗了。又如：

寒食近，小住为佳耳！（晋人帖）

这分明是散文，然他也饱含着诗意。所以也就是诗。宋人辛稼轩利用他做成两句词云：

明日落花寒食，得且住为佳耳！

略一改动，就成为两句绝妙好词了。然以上两例，都是本身含有诗意，所以无论散文、非散文，都是诗。如本身不含诗意，则虽然硬做成整齐而有韵的文字，终是口诀而不是诗。

我们再举两首民歌，说明诗歌和口诀不同的地方。

秋月一轮明似镜。秋风儿阵阵，吹落了梧桐。秋雁儿声声，叫的伤悲痛。秋雨儿作人的凄凉，添人的病。盼不到的五更。是怎的悲秋更比伤春重？是怎的悲秋更比伤春重？

这一首民歌，最容易看得出和口诀不同的地方，就是最后"是怎的悲秋更比伤春重？"要重一句。倘然是理智的文字，一句说明一番意思，已经说过了，为甚么再要重说？这种重句，只有表情的文字里有的。在表情的文字里，有了这样一句重句，能够把满肚子里的情感，更充分的表现出来。读者只要照着唱下去，就可以知道了。

第一章 从口诀到诗、词、散曲、新诗

这首民歌,也可以把他做成口诀化的诗,如下:

秋月一轮明如镜,秋风阵阵落梧桐。雁声叫得愁人病,却比伤春更不同。

如此,整齐虽然整齐,却不及原文活泼了。

再一首民歌云:

人儿,人儿,今何在?花儿,花儿,为的是谁开?雁儿,雁儿,为何不把书来带?心儿,心儿,从今又把相思害。泪儿,泪儿,掉将下来。天儿,天儿,无限的凄凉,怎生奈!被儿,被儿,奴家独自将你盖。

这首民歌中的"人儿,人儿""花儿,花儿"等,重复的地方,也是表情文字所独有的。倘把他做成口诀化的诗,前四句如下:

人今何在?花为谁开?雁不带书来,心

把相思害。

如此,整齐虽然整齐,也不及原文活泼了。

高丽有几首民歌,经高丽诗人申紫霞把他改为七言绝句式的汉诗,我读了,觉得他的情感很丰富,但未免被形式所束缚了,很不自然。虽然原文如何,不得而知,但终觉得改本太不活泼。因此,我把他再改回来,当然,和原文不同,但是原有的情感,不但不曾失去,而且更能充分的表现出来。现在将申君的改本,和我的改本,并录如下,以资比较:

水云渺渺神来路,琴作桥梁济大川。十二琴弦,十二柱,不知何柱降神弦?(申紫霞的改本)

云渺渺,水迢迢。神来欲度,把琴作桥。十二条琴弦、十二枝柱;那条弦上是神来路?

第一章　从口诀到诗、词、散曲、新诗

（我的改本）

茸茸绿草青江上，老马身闲谢辔衡。奋首一鸣时向北，夕阳无限恋君心。（申紫霞的改本）

江草芳芳萋萋。闲杀江干老马，鞍辔已全弛。他一片壮心未死。昂首长鸣，在夕阳影里，恋君心切，临风无限依依。

我们看了以上许多例，那么，何谓诗歌？我们可以明白了。但是，在中国的旧诗里，给研究者一件极困难的事，就是诗歌和口诀混合不分。待下一节再说。

四、口诀和诗歌的混合——五七言诗的成立

口诀和诗歌同时发展，到了汉、魏以后，以至最近，他们就混合起来。就是汉、魏以

后的诗歌，大部份确定了为五言，唐以后的诗歌，除了五言以外，又有一大部份，确定了为七言，而且唐以后的律诗、绝诗，有规定的字数、句数，是一步一步的做成机械式的文字。他的唯一的原因，就是要有规定的字句，确切不移，更便于记忆。这就是口诀化了。一方面，诗歌渐渐的口诀化了，一方面，本来是口诀的，也冒题着诗歌的名称。于是口诀和诗歌混合不分，这是研究中国文学者极感困难的一件事情。我们现在先要把混在诗歌中的口诀认明白，把他屏诸诗歌之外；再把口诀化的诗歌解放，使他脱离了口诀的束缚。

考诗歌的口诀化，惟一之标准，就是整齐。甚么叫整齐？就是每首有规定的句数，每句有规定的字数。于是就产生出最适宜的五七言律绝的诗来。

第一章　从口诀到诗、词、散曲、新诗

何谓五七言的律绝最适宜？如今先说五七言。因为每句有一言、二言，以至九言、十言，无不可以。（指全首一律的一言、二言，以至九言、十言）但一言、二言，太简，言不足以达意，故通首一言或二言的诗，是没有的。而八言、九言、十言，又太累赘，故通首八言、九言或十言的诗，也没有。（全首八言和全首九言的诗，也有，不过是绝端的少见）此外二言、三言、四言、五言、六言、七言，都是有的。随便举几个例。通首三言的，还是谣谚，不过含有情感而已。如：

生相怜，死相捐。（《列子》引谚）

直如弦，死道边；曲如钩，反封侯。（后汉顺帝时京都童谣）

灶下养，中郎将；烂羊胃，骑都尉；烂羊头，关内侯。（后汉时长安语）

曲有误，周郎顾。（三国时吴谣）

梧宫秋，吴王愁。（吴王夫差时童谣）

以上五首，都含有情感，而第五首所含的情感，更能深切的表出，虽是谣谚，实和理智的口诀不同。

通首四言的，除了《诗经》及谣谚不算而外，如曹操的《短歌行》、陶潜的《停云》等都是。《短歌行》云：

对酒当歌，人生几何？譬如朝露，去日苦多。慨当以慷，幽思难忘。何以解忧？惟有杜康。青青子衿，悠悠我心，但为君故，沉吟至今。呦呦鹿鸣，食野之苹。我有嘉宾，鼓瑟吹笙。明明如月，何时可掇？忧从中来，不可断绝。越陌度阡，枉用相存。契阔谈䜩，心念旧恩。月明星稀，乌雀南飞。绕树三匝，

第一章 从口诀到诗、词、散曲、新诗

无枝可依。山不厌高,水不厌深;周公吐哺,天下归心。

《停云》四章之一云:

霭霭停云,蒙蒙时雨。八表同昏,平路伊阻。静寄东轩,春醪独抚。良朋幽邈,搔首延伫。

曹孟德和陶渊明的四言,是很有名的。此外晋、唐以后的四言诗很多,不及遍举。

通首六言的,如王维的《田园乐》七首之二云:

采菱渡头风急,策杖林西日斜。杏树坛边渔父,桃花源里人家。

桃红复含宿雨,绿柳更带春烟。花落家童未扫,鸟啼山客犹眠。

五言和七言最通行，不必说了。照此看来，自三言至七言，都有人试过。而惟五言和七言，最得胜利。其余，大概可说是失败了。不过失败的程度不一律。大概是六言最为失败，次则三言，次则四言。

我们承认了五七言得了胜利，现在寻出他们得胜利的原因来。我的意见，字数是单的，音调较为锐利，字数是双的，音调较为圆钝。自然是锐利比圆钝好，所以四言、六言失败，而五言、七言胜利。三言虽是单数，但是太简，不能充分的达意，所以也在失败之列。

以上字数的关系，说明白了。再说句数。每首的句数，要做成口诀化了，都取双数，而不取单数。除了极少数的几首例外，是三句，其他都是双数。双数自两句、四句、六句、八句、十句，以至十二句、十四句等，虽无限制；但以四句、八句最为适中。于是绝诗、律诗，

第一章　从口诀到诗、词、散曲、新诗

就采取这种适中的格式，而在诗坛上各占着一个重要的位置了。

总之，五七言律、绝诗，是口诀化了。而他们在口诀化中更有特别的成绩，其他五七言古诗等，虽不受句数的限制，但受了字数的限制，也是口诀化了。

只有杂言的古诗和后出的词曲，是不受口诀化的。

五、口诀和诗歌的分离——杂言古诗的复活及词曲的产生

杂言的古诗和词、曲，不受口诀化，也就是诗歌和口诀脱离关系。谁也知道，诗歌一经口诀化了，便不自然。多了一个字，硬要删去一个；少了一个字，硬要加上一个。这

样的做，怎样能好？多数不会做诗的人，固然弄僵了；就是所谓名家，也难免此病。例如孟浩然的《送谢录事之越》诗云：

清旦江天迥，凉风西北吹。白云向吴会，征帆亦相随。想到耶溪日，应探禹穴奇。仙书傥相示，余在北山陲。

这首诗，本来很好，却是第五句"耶溪"，本是"若耶溪"，浩然因为被字数所限，不得不把"若"字割去，称为耶溪。他在别的诗里，又称"黄鹤楼"为"鹤楼"，"荣启期"为"荣期"，都是同样的毛病。

这种的束缚，大概起于汉、魏，至南北朝、唐初而愈甚。于是有心人，不得不谋解放。首先解除这种束缚的人，就是李白。李白的成绩，就是他的杂言古诗。如下面两首，就是一个例。《远别离》云：

第一章　从口诀到诗、词、散曲、新诗

远别离,古有皇、英之二女。乃在洞庭之南,潇湘之浦。海水直下万里深,谁人不言此离苦?日惨惨兮、云冥冥,猩猩啼烟兮、鬼啸雨。我纵言之将何补?皇穹窃恐不照余之忠诚,云凭凭兮欲吼怒。尧、舜当之亦禅禹。君失臣兮龙为鱼,权归臣兮鼠变虎。或言尧幽囚,舜野死,九疑连绵皆相似,重瞳孤坟竟何是?帝子泣兮绿云间,随风波兮去无还;恸哭兮远望,见苍梧之深山。苍梧山奔、湘水绝,竹上之泪乃可灭。

又如《幽泉涧》云:

拂彼白石。弹我素琴。幽涧愀兮、流泉深。善手明徽,高张清心。寂历似千古,松飕飕兮万寻。中见愁猿吊影而危处兮,叫秋水而长吟。客有哀时失职而听者,泪淋浪以沾襟。乃绎商、缀羽,潺湲成音。吾但写声发情于妙指,殊不知此曲之古今。幽涧泉,鸣深林。

李白生于南北朝之后，能将当时候的种种束缚，解放得干净，确是诗歌界的一次大革命。不过，李白的解放，乃是以散文之笔写诗，和后来由诗变为词曲，又不相同。所以李白的解放，可说由口诀化的诗，回复到散文式的诗。我们试将他的诗，改变为散文，是极容易的。就拿前面的《远别离》前半首做个例罢，把他略加几个字，便成为散文，如下：

古有所谓远别离者，乃皇、英之二女也。其别也，在洞庭之南，潇湘之浦。海水直下，万里遥深，谁不言此离苦耶？当夫白日惨惨，青云冥冥，猩猩啼烟，而山鬼啸雨；于斯时也，我纵言之，亦将何补？盖窃恐皇穹不照余之忠诚耳！

李白以后的第二次变化，就是唐末五代由诗变为词了。诗、词本是一物，诗变为词，不过脱离口诀式的束缚，而使他便于歌唱而

第一章 从口诀到诗、词、散曲、新诗

已。我们试看初步的词,只不过把一首诗加了几个字,或减了几个字,如下面两首,便是个例:

西塞山前白鹭飞,桃花流水鳜鱼记。青箬笠,绿蓑衣,斜风细雨不须归。(张志和《渔歌子》)

章台柳!章台柳!昔日青青今在否?纵使长条似旧垂,也应攀折他人手。(韩翃《章台柳》)

第一首,是把绝诗的第三句,变化为三言的两句。第二首,是把绝诗第一句,截去四字,又把"章台柳"重唱一遍。

这种变化的原因,完全因为口诀式的五七言诗,不便于歌唱,所以在歌唱的时候,任意增减字数,这所增加的字,不必有意义,

只不过是一种声音罢了。(下文另详)这种无意义的声音,名为"和声",或名"泛声",或名"散声",后人又把他填成实字,乃就变成宋人的词。所以无意义的声音,在词里已看不见,但在元、明人的曲里,又有了。如:

唱一声水红花也啰!

月明千里故人来也啰!

"也啰"二字,是没有意义的,只是歌唱的时候,多唱此二字,则觉得声调婉转,格外好听,也格外的能表现出情感。这一类的字,并不必在句尾,也有在句中的。

又宋人贺铸的《东山乐府》,他往往借用唐人的诗句,其中有《太平春》一首,乃是全取唐人的绝句,于每句的下面,加三个字而组成的。原词云:

第一章　从口诀到诗、词、散曲、新诗

秋尽江南叶未凋,晚云高。青山隐隐水迢迢,接亭皋。二十四桥明月下,(原注,一作夜)弹兰桡。玉人何处教吹箫?可怜宵!

就文字而论,每句下面所加的三个字,实在等于赘疣;却不知这三字,本非实字,初不过只有声音,后乃变为实字。这就是诗变成词的唯一原因了。

自唐末五代的第二次变化,以后就是元人由词变为散曲了。曲比词更自由,字句更可以随便伸缩,也更和白话接近。如元人无名氏的小令云:

问甚么虚名利?管甚么闲非是?想着他击珊瑚,列锦帐,石崇势,则不如卸罗衫,纳象简,张良退,学取他枕清风,铺明月,陈抟睡。看了那吴山青似越山青,不如今朝醉了明朝醉。

又如无名氏《喜梧桐四季闺怨》之一云：

春来景色娇，燕子归来早。偏俺那有情人，一去无消耗。手抵着牙儿，交（同教）我好心焦。时景儿不不相饶，辜负了人年少。这其间共谁，共谁，两个欢乐。（音傲）

自元人散曲第三次变化以后，接着四次、五次……有许多的变化，如元人的杂剧、明人的昆曲、清人的京戏，以及旁出的鼓词、弹词，等等，都是。不过，他已不是纯粹抒情，已走入记事的范围里去了。待下章另说。

六、将来变化的推测——新诗的将来

以上所说的，是形式上已经过去的变化，是旧诗的变化，自从新文学产生以来，有了新诗，于是又有了变化，而现在还没有定，

第一章 从口诀到诗、词、散曲、新诗

将来更不知有甚么新的变化发生。不过,我可断言一句:变只管变,总是和前面所说的变迁,同一个标准。向这标准而行的,是不错;背这标准而行的,是不对。其他字句之间,是没有限定的方式了。再举两首诗歌为例如下。修人的《听高丽玄仁槿女士奏佳耶琴》云:

没处洒的热泪,

向你洒了罢!

你咽声低唱,

你抗声悲歌,

你千万怨恨,

都到指尖。

指尖传到琴弦,

琴弦声声地深入人的心了;

你泄发了你的沉痛多少?

蕴藏在你心底里的沉痛，还有多少？

啊！人世间还剩这哀怨的音，

总是我们的羞罢！

我的高丽啊！

我的中华啊！

我的日本啊！

我的欧罗巴啊！

又黎锦晖的《寒衣曲》云：

第一歌

寒风习习，冷雨凄凄。鸟雀无声，人寂寂。织成软布，斟酌剪寒衣。母亲心里。母亲心里，想起娇儿，没有归期。细寻思！小小的年纪远别离。离开父，离开母，离开兄弟姊妹们，独自行千里。难记！难记！腰围粗细，身段高低。尺寸无凭难算计。望着那灰线空着急，

第一章　从口诀到诗、词、散曲、新诗

望着那翦刀无凭依，望着那针儿，只好叹气，望着那线儿没有主意。没有主意。记取，记取，哥哥前年有件衣，比一比弟弟。

第二歌

琴歌阵阵，笑语盈盈。课罢欢娱欢不尽。绿衣人来送到包和信。仔细看清，仔细看清，看罢家书，好不开心！是母亲亲做的新衣寄远人。一千针，一万针；千针，万针，密密缝。穿来软又轻。对镜，对镜，不短，不长，不宽，不紧。新衣恰好合儿身。穿起那新衣记起人。记起那人来眼泪零零，记起那人来，不能亲近，不能亲近。亲近，亲近，且把新衣比爱亲，亲一亲母亲。

这两首诗，我认为是新诗中很好的代表作品。第一首和前面由口诀式的五七言诗变成李太白散文式的诗是一样。第二首和前面

由口诀式的五七言诗变成词曲是一样。此外，我也曾看见有人做新诗，硬做成全首都是九言，又有人全首都做成十言。这样，无论如何，都是由诗歌回头变为口诀式了。

Chapter 02
第二章

诗歌的旁枝（戏曲）

第二章 诗歌的旁枝（戏曲）

一、总 论

中国诗歌的形式，除了前章所说的变化以外，再有一条变化的路径，就是从纪事诗到戏曲。戏曲的内容，极为复杂，这里不能多讲，单讲和诗歌相关的一部份。他所经过的变化路程，大概如下：

（1）纪事诗；

（2）纪事词；

（3）挡弹词；

（4）元曲；

（5）昆曲；

（6）京戏。

此外再有支流，别派，为：

（7）弹词；

（8）摊簧；

（9）大鼓。

现在把他们大略说一说。

二、旁枝之一——纪事诗

今人都知道，中国有两首著名的纪事诗：一首是《木兰诗》，一首是《孔雀东东南飞》。❶《木兰诗》是产生在南北朝时，《孔雀东南飞》虽然一般的人说是汉末的作品，但其中也有

---

❶ "《孔雀东东南飞》"当为"《孔雀东南飞》"。——编者注

第二章　诗歌的旁枝（戏曲）

南北朝时通行的话。如"青庐"等就是。因此，也有人疑心他是南北朝时人的作品。其实，这种作品，是流传在平民口上的，传来传去，也不知经过了多少增减和改变，我们似乎不能根据现在所看见的本子，断定他产生于何时。

中国有纪事诗，在《国风》里已开端了。如《硕人其颀》一诗，就是记庄姜的故事，而且很有些小说的意味。诗云：

硕人其颀，衣锦䌹衣。齐侯之子，卫侯之妻，东宫之妹，邢侯之姨，谭公维私。

手如柔荑，肤如凝脂，领如蝤蛴，齿如瓠犀，螓首蛾眉。巧笑倩兮，美目盼兮。（后二章略）

此诗共四章：第一章叙庄姜之家世，第二章叙庄姜之美，第三章叙庄姜自齐来嫁于卫，车马之盛,第四章叙齐国之富庶。而第二章描写得尤工。以后在汉初也有纪事诗,比《孔雀东南飞》为早,如《陌上桑》,如《上山采蘼芜》都是。今录如下:

陌上桑（一名艳词罗敷行）

日出东南隅,照我秦氏楼,秦氏有好女,自名为罗敷。罗敷善蚕桑,采桑东南隅。青丝为笼系,桂枝为笼钩。头上倭堕髻,耳中明月珠。缃绮为下裙,紫绮为上襦。行者见罗敷,下担捋髭须。少年见罗敷,脱帽着帩头。耕者忘其犁,锄者忘其锄。来归相怨怒,但坐观罗敷。使君从南来,五马立踟蹰。使君遣吏往,问是谁家姝?"秦氏好有女,自名为罗敷。""罗敷年几何?""二十尚未足,十五颇有余。"使君谢罗敷:"宁可共载不?"罗敷前致词:"使君"何愚!使君自有妇,罗敷自有夫。东方千余骑,夫婿居上头。何用

第二章　诗歌的旁枝（戏曲）

识夫婿？白马从骊驹。青丝系马尾，黄金络马头。腰中鹿卢剑，可值千万余。十五府小史，二十朝大夫，三十侍中郎，四十专城居。为人洁白皙，鬑鬑颇有须。盈盈公府步，冉冉府中趋。坐中数千人，皆言夫婿殊。

上山采蘼芜

上山采蘼芜，下山逢故夫。长跪问故夫："新人复何如？""新人虽言好，未若故人姝。颜色类相似，指爪不相如。新人从门入，故人从阁去。新人工织缣，故人工织素。织缣日一匹，织素五丈余。将缣来比素，新人不如故。"

在《木兰诗》以后，人人所知的纪事名著，就是白居易的《长恨歌》和《琵琶行》了。从白居易而后，做这一类的纪事诗的人很多，虽然题材不同，而方式几乎一样。像清初吴伟业的《圆圆曲》，就是一个例。《长恨歌》《琵琶行》，人人皆知，这里不必录，以后的纪事诗，也录不胜录，故纪事诗一节，就此结束，下面再说纪事词。

三、旁枝之二——纪事词

在唐以后，普通的诗，由五七言变为长短词，因此也有纪事词出现。不过用词纪事，有一件困难的事情，因为五七言的诗，可以做得很长，他的长度，是没有限制的，若词，就不能没有限制，一首词的字数，受了词调的限制，不可随意伸长，那么，拿词来记事，就困难了。然而作者又想出一个法子来，就是拿一连几首词，记一件事，如此，就把这个困难问题解决了。宋人赵德麟他拿十首商调《蝶恋花》的词，来纪张君瑞和崔莺莺的事（按前后又各有一曲，共十二首），这就是

第二章　诗歌的旁枝（戏曲）

纪事词的代表。不过，这种纪事词，却不多见，我现在把他特别拿出来讲，因为他是由纪事诗变为元曲的一个关键，所以不可不注意。为什么说他是由纪事诗变为元曲的一个关键呢？你看自赵德麟的《蝶恋花》词，就一变而为董解元的《西厢》，再变而为王实甫的《西厢》，那么，赵德麟的十首《蝶恋花》，可算是《西厢记》的初步了。今录其前二音如下：

丽质仙娥生玉殿。谪向人间，未免凡情乱。宋玉墙东流美盼，乱花深处曾相见。密意浓欢方有便。不奈浮名，旋遣轻分散。最恨多才情太浅，等闲不念离人怨。

锦帐重帘深几许。绣履弯弯，未著离朱户。强出娇羞都不语，绛绡频掩酥胸素。黛浅愁深妆淡注。怨绝情凝，不肯聊回顾。媚眼未匀新泪污，梅英犹带春朝露。

四、旁枝之三——挡弹词

自从赵德麟有了那十首《蝶恋花》,记张君瑞、崔莺莺的故事而后,就变而有董解元的《西厢挡弹词》。以前虽有"挡弹词"之称,到现在只称为《董解元西厢》,或简称为《董西厢》。他和记事词的分别是如下:(1)记事词几首用一个词调。(2)纪事词中间不夹杂说白,挡弹词中间夹杂说白。今录董解元的《西厢挡弹词·借厢》一节如下:

(白)气合道和,如宿昔交。法本请其从来,生对以儒学进身。将赴诏选。游学连郡,访诸先觉。偶至贵寺,喜贵寺清净,愿假一室,温阅旧书。

(般涉调)(夜游宫)(唱)君瑞从头尽诉:

第二章 诗歌的旁枝（戏曲）

小生是西洛贫儒。四海游学历州府。至蒲州，因而到梵宇。一到绝了尘虑。欲假一室看书。每月房钱并纳与。问我师心下许不许？

（白）生曰：月终聊备房钱二千，充房宿之资，未知吾师允否？

五、旁枝之四——元曲

由董解元的《西厢》，再变而为王实甫的《西厢》，他们唯一的分别，就是董解元的《西厢》，是用说书人的口气，叙述故事，王实甫的《西厢》，是用书中人的口气，他就完全成为戏曲了。今录王实甫《西厢·借厢》一节如下，以资比较。

（石榴花）（张生唱）大师一一问行藏。小生仔细诉衷肠：自来西洛是吾乡，宦游在四方，寄居在咸阳。先人礼部尚书多名望。五旬上，因病身亡。平生正直无偏向，至今留四海一空囊。（斗鹌鹑）闻你浑俗和光，果是风清月朗。小生呵！无意求官，有心听讲。（白）小生途路，无可申意，聊具白金一两，与常住公用，伏望笑留！（唱）秀才人情，从来是纸半张。他不晓得七青八黄，任凭人说短论长，他不怕掂斤播两。（上小楼）我是特来参访。你竟无须推让。这钱也难买柴薪，不够斋粮，略备茶汤。你若有主张，对艳妆，将言词说上，还要来把你来生死难忘。

自王实甫的《西厢》而后，作者纷纷继起，就产生中国文学中一部份重要的作品，就是我们所说的元曲。今有《元曲选》一书，其中包括元曲一百种，可说是洋洋大观。今摘录马致远的《黄梁梦》一节如下：

（正末钟离唱）（混江龙）当日个逢关尹，

第二章 诗歌的旁枝（戏曲）

至今遗下五千文。大刚来玄虚为本，清净为门。虽然是草含茅庵一道士，伴着清风明月两闲人。也不知甚的秋，甚的春，甚的汉，甚的秦。长则是习疏狂，耽懒散，佯装钝。把些个人间富贵，都做了眼底浮云。（金盏儿）上昆仑，摘星辰，觑东海，则是一掬寒泉滚。泰山一捻细微尘。天高三二寸，地厚一鱼鳞。摇头天外觑，无我一般人。

（醉中天）俺那里自泼村醪嫩，自斩野花新。独对青山酒一尊。间将那朱顶仙鹤引。醉归去，松阴满身。冷然风韵，铁笛声，吹断云根。

（金盏儿）俺那里地无尘，草长春，四时花发常娇嫩。更那翠屏般山色对柴门。雨滋棕叶润，露养药苗新。听野猿啼古树，看流水绕孤村。

（洞宾云）听他说甚么，不觉神思困倦，且睡一会咱。（做睡科）（正末唱）（一半儿）如今人，宜假不宜真。则敬衣衫不敬人。题起修行耳怕闻。直恁的没精神，一半儿应承一半儿盹。

六、旁枝之五——昆曲

元曲到了明朝，就分而为二：一是北曲，一是南曲。北曲，就是原有的元曲，而高则诚所创的新曲，名为南曲。南北二曲的分别，就是北曲多北方土话，南人听不懂，南曲就全用南方话。南曲的第一部，是高则诚的《琵琶记》。后来昆山人魏良辅，又创为昆曲，从明朝至清初，都很盛行。著名的昆曲集，是《缀白裘》，中间所收的昆曲戏本很多，是研究昆曲的人所必读的。今摘录《西厢记·游殿》一节如下：

第二章　诗歌的旁枝（戏曲）

（忒忒令）(小生）随喜到僧房古殿。（看）请看七层宝塔。（小生）瞻宝塔，（付）打回缓缓走。（小生）将那回廊绕遍。（付）大殿浪哉！两边是十八尊罗汉。（小生）参了罗汉，（付）募化装金，随缘乐助。请拜子菩萨！（小生）拜了圣贤，（付）募化灯油，功德无量。吓嘎！看俚弗出，倒是个硬客。请相公法堂浪走走！（小生）行过了法堂前。（旦内）红娘！（贴）哎！（随旦上）（旦）红娘！这是什么佛？（贴）是三世佛。（旦）这一尊呢？（贴）是观音菩萨。（小生）呀！正撞着五百年风流孽冤。

七、旁枝之六——京戏

京戏发于前清，现在通称为旧戏，有"西皮""二簧"等腔。坊间流行的京戏书，有《戏考》《京戏二百年历史》《黎园佳话》[1]等书，今摘录《四郎探母》一节如下：

（旦公主内白）丫环带路！（上唱摇板）芍药开，牡丹放，花红一片。艳阳天，春光好，百鸟声喧。我本当，与驸马，同去游玩。（白）嘎！（唱）怎奈他，这几日，愁锁眉间。（白）丫头！快禀驸马，说：咱家来了。（丫头白）吓！驸马！公主来了。（生白）公主来了！请坐！（旦白）有坐。

又《卖黄骠》一节如下：

（西皮慢板）店主东，带过了，黄骠马。不由得，秦叔宝，雨泪如麻。提起了，此马来头大：兵部堂，黄大人，相赠与咱。遭不幸，困至在，天堂下。欠你的店房钱，莫奈何，我只得来卖他。摆一摆手儿，你就去了罢！（摇

---

[1] "《黎园佳话》"，当为"《梨园佳话》"。——编者注

板）但不知此马，落在谁家？

八、旁枝之七——弹词

由董解元的《西厢》，渐变成昆曲而外，后来另有一种弹词，直到现在，还是有的。这大盖是挡弹词的支派。而弹词又分为二：一是"直叙派"，一白一唱，纯用表叙体裁，不作书中人口吻。一是"装演派"，生、旦、丑、末，各作本人的口吻。今录"直叙派"中著名的作品《笔生花》一节如下：

话说大明正德之年，有一段希奇故事，绝妙新文。说来虽属荒唐，叙出莫辞繁絮。其时浙江省属，杭州首郡，仁和县内，有两个世家：一文，一姜，并称甲族。真乃阀阅门高，不亚当时王、谢，婚姻世结，犹如前代朱、陈。诗礼相传，簪缨克继。这两家之清望豪名，一时里巷,莫不生羡。看官!且听我逐次详之,便知分晓。

这文家,其人年少即登瀛。连捷三元点翰林。官讳上林字杏圃。现今供职在燕京。才出众,貌超群。倜傥风流有盛名。常侍宸游沾雨露,每传凤诏庆风云。但将礼信交朋友,不作谀言结佞臣。早逝椿萱俱见背,自谐琴瑟喜同心。所婚姜氏同乡女,芳讳闺中秀蕴称。才貌双全知礼法,治家处事颇贤能。连生子女多聪俊。是岁夫人又有娠。临蓐之时来梦兆,上天星宿下凡尘。似闻音乐鸣霄汉,又见旟幡绕宅庭。惊醒果然生一子,顶平额阔美丰神。夫妻欢喜加怜爱,希冀将来胜别人。此处题名权按下,词中再叙一家情。

九、旁枝之八——摊簧

摊簧盛行于南方,有人说:始于杭州,然

第二章　诗歌的旁枝（戏曲）

今有"苏州摊簧"的名称，恐怕是由杭州传到苏州。据我所见的《摊簧考》，说：他是出于昆曲。大约昆曲不通俗，不能流行于平民社会，于是就不得不变为摊簧了。有唱，有说白，略和弹词相似。唱句皆为七字，唱法中有"急板""慢板""起板""落板""长文""短文""叠句""三三""下路""水工""底泛""女工"等名目，这都是专门名词，不是专门研究摊簧的人，是不能知道的。今摘《关公单刀赴会》开场一节如下：

单刀赴会

（付上白）呀喝！浩气凌云贯九霄，周仓随驾显英豪。父王独赴单刀会，全仗青龙偃月刀。俺周仓。东吴鲁大夫，请俺王父过江饮宴，命俺驾一小舟，在此伺候。（净内咳嗽介）道言来了，俺王父出舱来。（净白）波涛滚滚渡江东，独赴单刀孰与同。片帆瞬息西风力，鲁肃今日认关公。（白）周仓！（付）有！（净）舟行已至那里了？（付）前面已是大江了。（净）分付水手：风帆不用扯满，四面纱窗吊起，将舟缓缓而行，某家欲观江景。（付）得令！哒！水手听者！父王有令：风帆不用扯满，四面纱窗吊起，将舟缓缓而行，父王欲观江景。（众应介）（净）吓！好一派江景也！（唱）（曲头）大江东，（起板）浪滔滔，顺风相送小舟摇。秋水长天浑一色，风帆缓缓渡东潮。复思二十年前事，隔江斗志逞英豪。[曹操]数十万雄兵屯赤壁，[个个]如狼如虎逞咆哮。孔明妙算谁能及，雾中借箭道谋高。庞统巧献连环计，蒋干偷书反间曹。[如今]青山绿水依然在，[那]年少周郎一命销。[他的]知勇双全归乌有，[可怜]赤壁威名一旦抛。（付）呀！……好大水也！（净）周仓！此非水也，乃二十年前曹操鏖兵赤壁，流不尽英雄之血也。（唱）[故而]江风扑面

第二章 诗歌的旁枝（戏曲）

吹舱冷，浪打如同神鬼号。舟行已至江东地，（众合唱）落定风帆抛定锚。（付）启王父！已至东吴了。（净）前去通报！……

十、旁枝之九——大鼓

大鼓，产生于山东，继行于平、津一带，今则上海各游戏场，也没有一处没大鼓了。他本名"梨花大鼓"，后来又有"京音大鼓"，"时调大鼓"等名词。大鼓的创作者，是一个女子，所以现在唱大鼓的，还多半是女了，称为"鼓娘"。

关于大鼓的话，在著名的小说《老残游记》里，有一段说得很清楚。那时刚是大鼓初出现的时候（离开现在约三十年），老残游历到山东，亲听得这种妙曲，就把他记下来。我以为这一段小说，可当"大鼓的小史"看，现在节录在下面：

……进得店门，茶房便来回道："客人用甚么夜膳？"老残一一说过，就顺便问道："你们此地说鼓书，是甚么顽意儿，何以惊动这们许多的人？"茶房说："客人，你们不知道，这说鼓书，本是山东乡下的土调，用一面鼓，两片梨花简，名叫梨花大鼓，演说些前人故事，本也没甚希奇。自从王家出了白妞、黑妞姊妹两个，这白妞名字叫做王小玉，此人是天生的怪物，他十二三岁时，就学会了这说书的本事；他却嫌乡下的调儿没甚出奇，就常到戏园里看戏，甚么西皮、二簧、梆子腔等腔，一听就会，甚么于三胜、程长庚、张二奎等人的调子，他一听也就会了，仗看他的喉咙要多高，就多高，他的中气要多长，就多长，他又把那南方的昆腔小曲，种种的腔调，他都拿来装在这大鼓书的里面；不过两三年功

第二章　诗歌的旁枝（戏曲）

夫，创出这个调儿，竟至无论南北高下的人，听了他唱书，无不神魂颠倒。现在已有报子，明儿就唱，你不信，去听一听，就知道了。只是要听还要早去，他虽是一点钟开唱，若到十点钟去，就没有坐位的。……

大鼓特别长处，就是一口气唱下去，中间没有可停顿的地方，和一切的诗歌体不同。现在摘录《单刀赴会》中间的一段在下面，读者看了下文，自可知道大鼓的特点了。

单刀赴会

一夜晚景休提论，次日就是五月十三。吩咐周仓快备马，赤兔马牢牢扣备紫金鞍。辕门以外把马上，有周仓肩抗偃月刀步步紧相连跟随在后边。来在江边把马下，有梢公搭跳板，夫子爷上了船。圣贤爷昂然虎坐船头上，凤目留神四下观。但只见碧绿绿的青天，红扑扑的日，威耸耸的高山上下盘。孤零零的江亭，油漆漆的户，疏落落的村庄树木间。方方圆圆光闪闪，影影绰绰雾漫漫。还有滔滔萦萦的浪，荡荡的桅蓬，稳稳船。一望四野天连水，波涛滚滚浪花翻。风吹水涌千层浪，日映白光万丈潭。圣贤爷观罢江中景，频频嗟叹五七番。长江水后浪推前浪，可叹人生梦一般。光阴似箭催人老，转眼更换了几千番。青山绿水依然在，千古的英雄都被土瞒。某家二十年前打天下，舍死忘生为江山。年少的周郎今何在？能征的吕布在那一边？此水并不是五湖四海流来的水，好似那英雄血一般。……

第三编

中国诗歌实质上的变化

Chapter 01
第一章

因民族关系而发生的变化

第一章　因民族关系而发生的变化

一、总　论

前面第二编所说的，全是关于形式上的变化，现在再说实质。因为实质的变化，和形式全没关系。譬如同是一样的情感，写作：

寒食近，小住为佳耳。(晋人帖)

在形式上就是散文。倘然改写作：

明日落花寒食，得且住为佳耳。(辛稼轩词)

在形式上就是词了。又如《长恨歌》，是纪事诗，《长生殿》，是戏曲。形式不同，实质相同。这可证明形式和实质必须分开来说了。

诗歌，是人们的情感的表现；诗歌实质的变化，就是人们情感的变化。这种变化，大约不外下面所说的三种关系：(1)民族的关系；(2)哲学的关系；(3)政治的关系。如今先说因民族关系而发生的变化。大略如下：

(1)周民族的温柔敦厚的情感。

(2)南方民族的神话。

(3)西北胡人的尚武精神，及粗豪情感。

二、周民族的温柔敦厚的情感

中国的民族，极为复杂；但是，现在不是研究民族，只是研究诗歌，只拿和诗歌有关系的几个民族来说，和诗歌无关的，概从略了。

第一章　因民族关系而发生的变化

如今请从周民族说起。周民族,是从西方来的;周以前,住在黄河流域的人,和周民族不同。但是他们的诗歌无考,所以说到诗歌和民族的关系。是要从周说起。

周朝的诗歌作品,不用说,人人都知道是一部《诗经》。周民族从西方迁来,灭殷而有天下,他就拿他的文化,来感化前代的人民。这就是所谓"诗教"。诗教的目的,是要把一般的人,都养成温柔敦厚的性情。所以孔子说:

入其国,其教可知也:其为人也,温柔敦厚,诗教也。(《礼记·经解》)

他又说道:

温柔敦厚而不愚,则深于诗者也。(《礼记·经解》)

我们试看《国风》中的《周召》《二南》,

就可以晓得这个意思。他国的《国风》，虽各有不同，总之，多少受了周民族的感化。

总之，当时候以诗为教化之具，又以诗去观察国政、民风，而执政的人，要拿诗去养成人民温柔敦厚而不愚的性情，久而久之，人民受其感化，性情差不多都是温柔敦厚，做出来的诗，非常的和婉、含蓄。所以孔子说："《关雎乐》而不淫，哀而不伤。"（《论语》）司马迁说："《国风》好色而不淫，《小雅》怨诽而不乱。"（《史记·屈原列传》）如今所见的三百篇里的诗，多半是比兴，试看做诗的人，多少忠厚！此例甚多，不能遍举，略举数首如下：

采采卷耳，不盈顷筐。嗟我怀人，寘彼周行。（《卷耳》）

绿兮衣兮，绿衣黄里。心之忧矣，曷维其已！（《绿衣》）

第一章　因民族关系而发生的变化

蒹葭苍苍，白露为霜。所谓伊人，在水一方。溯回从之，道阻且长；溯游从之，宛在水中央。(《蒹葭》)

沔彼流水，朝宗于海。鴥彼飞隼，载飞载止。嗟我兄弟，邦人诸友。莫肯念乱，谁无父母！(《沔水》)

"好色不淫，怨诽不乱"，只读上面诸诗，已可略见一斑了。这是我随便举的几个例，其他尚多，读者自己去读罢。

以上各时的作者，当然不都是周民族；但是他们所做的诗，确是受了周民族的影响。

三、南方民族的神话

诗经中的诗，不出黄河流域范围以外，同时，长江流域民族的文化，没有同他接触，所以他的实质,是简单的,只不过表现一种温柔敦厚的情感。等到战国末年,两个流域的文化接触了,于诗歌的实质,发生变化。

长江流域的大国,就是楚国,代表长江流域(或称南方)的诗歌,就是《楚辞》。《楚辞》的特点,除了在形式上的开展而外,在实质上就是夹入离奇怪诞的神话。拿神怪的故事,夹入诗歌里,在《诗经》里是没有的。(《陈风》中亦有巫诗,然神话的彩色,不及《楚辞》的浓厚,我另有文辨明他)直到《楚辞》出现以后才有。屈原的《离骚》,本来有人说他是在《九谞》[1]之后,《九歌》,完全是祀鬼神之作。王逸说:"昔者楚国南郢之邑,沅、湘之间,其俗信鬼而好祠,其祠必作乐歌鼓舞,……屈原因为作《九歌》之曲。"《九歌》的名目,甚么东皇太一,甚么云中君,甚么

---

[1] "《九谞》",当为"《九歌》",下文径改,不再出注。——编者注

第一章　因民族关系而发生的变化

湘君、湘夫人，都是神。甚么山鬼，甚么国殇，都是鬼。在《诗经》里的颂，虽然和他相似，而实不同（参看第一编第七节）。《九歌》是楚人的俗歌，或是屈原本着楚人的俗歌而改作的，总之是南方（长江流域）的文学。《离骚》是在《九歌》之后。这话可信，《离骚》中的神话，乃是南方的彩色。如云：

吾令羲和弭节兮，望崦嵫而勿迫。……前望舒使先驱兮，后飞廉使奔属。鸾皇为余先戒兮，雷师告余以未具。

又云：

吾令丰隆乘云兮，求宓妃之所在。

羲和、望舒、飞廉、雷师、宓妃，这许多名目，好像是后世《封神传》《聊斋志异》里的话。

屈原拿这种神怪的故事，杂入诗歌以后，别人多受了他的影响。顶容易看出的，就是曹子建的《洛神赋》。

到了唐朝，李白、王维等人，诗里都有这种色彩，而李商隐为更甚。可举例证明如下：

……列缺霹雳，邱峦崩摧。洞天石扉，訇然中开。青冥浩荡不见底，日月照耀金银台。霓为衣兮、风为马，云之君兮纷纷而来下。虎鼓瑟兮鸾回车，仙之人兮列如麻。……（李白《梦游天姥吟》）

纷进御兮堂前，目眷眷兮琼莛。来不语兮、意不传，作暮雨兮愁空山。悲急管兮、思繁弦，灵之驾兮俨欲旋。倏云收兮、雨歇，山青青兮、水潺湲。（王维《鱼山神女祠送神歌》）

神女生涯原是梦，小姑居处本无郎。（李商隐《无题》）

第一章　因民族关系而发生的变化

嫦娥应悔偷灵药，碧海青天夜夜心。（李商隐《嫦娥》）

从此以后，中国诗歌的实质中，就多出一种神话来了。

四、西北胡人的尚武精神及粗豪情感

到了汉以后，以至南北朝，和北方胡人接触（即汉代的匈奴、南北朝的五胡），中国诗歌的实质，又发生极大的变化。就是多出一种尚武的精神，和粗豪的情感来。

先看在汉前的诗歌，是怎样？例如荆轲的《易永歌》[1]，悲而不壮。汉高帝刘邦的《大风歌》，虽然粗豪极了，然尚武的精神，比较南北朝时北方的民歌，相差得远了。（南北朝时北方的民歌，另见下文。《易水歌》及《大

---

[1] 当为"《易水歌》"。——编者注

风歌》，人所共知，故不录)

自从汉武帝设立乐府，采用外国的乐器以后，中国的诗歌界，开始发生变化。但变化的痕迹，尚没有显著。从此经过若干时期，到了南北朝，有所谓"五胡乱华"之祸，于是华、夏杂居，血统混杂，一切的风俗习惯，都发生很大的变化，在诗歌中，我们就可以看到像下面所举的各诗了。❶

当时候❷的北方民族的民歌，如《折杨柳辞歌》云：

上马不提鞭，反折杨柳枝。蝶坐吹长笛，愁杀行客儿。遥看上津河，杨柳郁婆娑。我是虏家儿，不解汉儿歌。健儿须快马，快马须健儿。跕跋黄尘下，然后别雄雌。门前一株

---

❶ 由于时代的局限性，作者有以汉族为中心的民族观。——编者注
❷ "候"疑为衍字。——编者注

第一章 因民族关系而发生的变化

枣,岁岁不知老。阿婆不嫁女,那得孙儿抱?

又如《陇头歌辞》云:

朝发欣城,暮宿陇头。寒不能语,卷舌入喉。

这些诗果敢刚决,朴质爽快,全是北方胡人的口吻。在中国人初次读他,禁不起要吓得吐出舌来。总之,只合胡人做,不合汉人做,还只能算是外国诗,不能算是中国诗。[1]

但有了这样的诗,加入中国诗歌里以后,又经过若干时期,到了唐代,就受了他的影响,而发生变化。于是唐诗中就有许多轻生敢死,尚气任侠的诗了。例如李颀的《古意》最足以做这样的诗的代表。《古意》云:

男儿事长征,少小幽燕客。赌胜马蹄下,

---

[1] 此处"外国诗"指当时汉族之外的其他民族人民所作的诗。"中国诗"指当时汉族人所作的诗。——编者注

由来轻七尺。杀人莫敢前，须如猬毛磔。黄云陇底白云飞，未得报恩不得归。辽东少妇年十五；惯弹琵琶、解歌舞。今为羌笛出塞声，使我三军泪如雨。

这首诗，活画出一个短衣窄袖，横刀跃马的健儿来，你试看他是何等粗豪。便如轻生敢死的荆轲，也没有这样气概。以后有许多从军的诗，大都如此。如王翰的《凉州词》道：

葡萄美酒夜光杯，欲饮琵琶马上催。醉卧沙场君莫笑，古来征战几人回？

王昌龄的《出塞》道：

秦时明月汉时关，万里长征人未还。但使龙城飞将在，不教胡马度阴山。

试看他是何等气概！此外杜甫、陆游及

第一章　因民族关系而发生的变化

其他等人，也有相似的诗，不必遍举。

就如李白的豪放之处，或者是由这种气概变化而来的。试看他的《下江陵》诗，就可知道了。诗道：

朝辞白帝彩云间，千里江陵一日还；两岸猿声啼不住，轻舟已过万重山。

自此以后，虽然再有许多的民族，参加入中国民族史里来。但是在诗歌上，就没有变化了（由印度输入的思想，当归入下文哲学的关系一章里去说）。因为宋代的辽，宋后的金、元，明后的满清，甚至于唐、宋时的阿剌伯、波斯，多少都和中国民族发生关系，但是他们在诗歌上所能贡献给中国人的，不出于前面所说的尚武的精神、粗豪的情感，所以没有新的变化了。况且辽、金、元、清，更是他们同化于汉族的地方多，汉族同化于他们的地方少，因此，中国诗歌的实质，关于民族的变化，就停止了。一直到最近，和欧洲人接触，才有变化的可能。

五、将来变化的推测

自从西洋民族和中国民族接触以后，中国的文学，当然要发生变化。由已往推测未来，这是可以断定的。不过，所谓发生变化，要等到血统发生关系以后；决不是抄袭皮毛，就能算是变化。这个唯一的原因，就是诗歌所表现的，是人民的真的情感，这种真的情感，非至两个种族发生血统关系后，是不会变的。单是学一些外表，不算是变。

Chapter 02 第二章

因哲学关系而发生的变化

第二章　因哲学关系而发生的变化

一、总 论

一个时代所流行的一种哲学,确能支配该时代人们的思想,而诗歌又是思想的表现,所以,哲学和诗歌也有关系。不过,哲学和所谓文人的关系较深,和平民的关系较浅,因此"文人诗"跟着哲学思潮而变化的地方较多,"民歌"跟着哲学而变化的地方就少了。中国的哲学思潮,本以周、秦时为最盛,但是,诗歌的变化,却不是以周、秦时为最多。在周、秦时的诗,除了《楚辞》而外,只不过是儒家的诗,就是只合于孔子所主张的温柔敦厚的情感,直到晋、南北朝以后,才有变化。

其大纲如下：

（1）孔子的温柔敦厚的情感；

（2）老庄的玄谈；

（3）释氏的觉悟语；

（4）宋儒的理学语。

二、孔子的温柔敦厚的情感

孔子的哲学诗，完全是周民族的哲学，他的哲学，简直不能称为哲学，只算是伦理学。他所说的，都是关于父子、夫妇、朋友、君臣间应尽的职务。他的诗教，是要把人民造成温柔敦厚的性情，所以诗歌里所表现的，不外乎父子、夫妇、朋友、君臣间的情感，并没有甚么新奇的思想、高超的见解。

这一类的诗，在《诗经》里，大都如此，

第二章　因哲学关系而发生的变化

前面第一章，已经举过几首做例，这里不必再举，读者参看前文就是了。

在《诗经》以后，就不多见，就有的，也不大好。只有唐朝杜甫，他的思想，完全是儒家的思想，一点没有旁的哲学思潮混入，所以杜诗可说全是这一类的诗。现在举三首做代表如下。

如《月夜》云：

今夜鄜州月，闺中只独看。遥怜小儿女，未解忆长安！香雾云鬟湿，清辉玉臂寒。何时倚虚幌，双照泪痕干？

又如《春望》云：

国破山河在，城春草木深。感时花溅泪，恨别鸟惊心。烽火连三月，家书抵万金。白头搔更短，浑欲不胜簪。

又如《月夜忆舍弟》云：

戍鼓断人行，秋边一雁声。露从今夜白，月是故乡明。有弟皆分散，无家问死生。寄书长不达，况乃未休兵。

杜甫的诗，大概是如此。我们试把他和李白的诗一比，就可以知道杜甫是儒家的思想，李白是道家的思想了。

杜甫以后，最著名的诗人，如清代的王士禛，他的诗大概也是如此，不过有时候不及杜甫纯粹。现在录王士禛的诗两首如下。

如《夜雨题寒山寺寄西樵礼吉》云：

日暮东塘正落潮，孤篷泊处雨潇潇。疏钟夜火寒山寺，记过吴枫第几桥。

又如《寄陈伯玑金陵》云：

第二章　因哲学关系而发生的变化

东风著意吹杨柳，绿到垂杨第几桥？欲折一枝寄相忆，隔江残笛雨潇潇。

三、老庄的玄谈

老庄的学说，本来产生得很早，但是，和文学发生关系，是自晋朝起。晋朝的山林隐逸之士，放浪形骸，轻世肆志，造成一种晋人化的老、庄思想；自此以后，将这种思想，表现在诗歌里的极多，差不多占了一大部份。如陶潜的《归田园居》、李白的《春日醉起言志》，白居易的闲适诗之大部份，最足以做个代表。现在各录一首如下。

陶潜《归田园居》之一云：

久去山泽游，浪莽林野娱。试携子侄辈，披榛步荒墟。徘徊邱陇间，依依昔人居。井灶有遗处，桑竹残朽株。借问采薪者：此人皆焉如？薪者向我言：死没无复余。一世异朝市，此语真不虚。人生似幻化，终当归空无。

李白《春日醉起言志》云：

处世若大梦，胡为劳其生？所以终日醉，颓然卧前楹。觉来盼前庭，一鸟花间鸣。借问此何时？春风语流莺。感之欲叹息，对酒还自倾。浩歌待明月，曲尽已忘情。

白居易《齐物》云：

青松高百尺，绿蕙低一寸。同生大块间，长短各有分。长者不可退，短者不可进。若用此理推，穷通两无闷。

椿树八千春，槿花不经宿。中间复何有？冉冉孤生竹。竹生三年老，竹色四时绿。虽谢椿有余，犹胜槿不足。

第二章　因哲学关系而发生的变化

这一类的诗,在中国的文人诗里,占了极大的部份。唐代的王、孟、韦、柳以及宋代的苏、陆等人,都和这种思想有极大的关系。读者可以向各人诗集里去找来一读,这里不多举例了。

四、释氏的觉悟语

所谓释氏的觉悟语,就是佛学。佛学输入中国,本来极早,旧说是在东汉,但据我个人所考,周、秦时的墨学,就是佛学。这是另外一个问题,这里不能多说,也不必多说,但是佛学同诗歌发生关系,那是在晋、南北朝时开始。

因为在那个时候,佛学最盛,而和文人发生的关系也最深。著名的文人,如谢灵运等,无不信佛,像刘勰,且至出家做和尚。当时候诗歌里，就充满了佛学的彩色，以后唐、宋人的诗，也有大多数和佛学有关。

在表面上，喜欢用佛书中字的，如王融诗道：

香风流梵琯，泽雨散昙花。

王维诗道：

一悟寂为乐，此生闲有余。

孟浩然诗道：

导以微妙法，结为清净因。

郁宗元的诗道：

闲持贝叶书，步出东斋读。澹然离言说，悟悦心自足。

这些诗人，都是喜读佛书的，所以诗中

第二章　因哲学关系而发生的变化

就用些佛书中的字。而说佛理说得顶透彻的，莫如白居易。能将觉悟的见解，融化在诗歌里不着痕迹的，莫如苏轼。试看白居易《寄王山人》的诗道：

闻君减寝食，日听神仙说。暗待非常人，潜求长生诀。言长本对短，未离死生辙。假使得长生，才能胜夭折。松树千年朽，槿花一日歇。毕竟共虚空，何须夸岁月？彭、殇徒自异，生死终无别。不知学无生，无生即无灭。

苏轼《闻辨才法师复归上天竺以诗戏问》云：

道人出山去，山色如死灰。白云不解笑，青松有余哀。复闻道人归，鸟语、山花开。神光出宝髻，法雨洗尘埃。想见南北山，花发前后台。寄语问道人，借禅以为诙：何所闻而去？何所见而回？道人笑不答，此意安在哉！昔者本不往，今者亦无来。此语竟非是，且食白杨梅。

五、宋儒的理学语

自从印度的佛经，大批的输入中国以后，经过晋、南北朝及唐，一个很长的时期，到了宋代，和中国原有的哲学，混合融化起来，产生一种新的哲学，普通称为"宋儒哲学"，旧称为"理学"。

讲理学的人，本不注重文学，不多做诗歌，但是，偶有所作，他能把理学的精微，从诗歌里表现出来，这不能说不是诗歌中的一种变化。不过，在诗歌界里，不占重要的位置罢了。

例如朱熹的《观书有感》云：

第二章　因哲学关系而发生的变化

半亩荒塘一鉴开，天光云影共徘徊。问渠那得清如许？为有源头活水来。

又《水口舟行》云：

昨夜扁舟雨一蓑，满江风浪夜如何！今朝试卷孤篷看，依旧青山绿树多。

林季仲《止鉴堂诗》云：

莫道水清偏得月，须知水浊亦全天。请看风定波平后，一颗灵珠依旧圆。

他们的诗，是理多情少，甚至于没有情感；而诗歌又是以情感为主，因此，不免有冲突，所以宋儒的诗，在诗歌里不能占重要的位置。而自宋代而后，便没人再作了。

至如上面所引的三首诗，为甚么算是说理呢？我以为也有说明的必要。所以不嫌烦琐，再说几句。譬如朱子的《水口行舟》一首罢，他完全不是描写风景，他全是说理。所谓雨，所谓风浪，他是拿来比人们发怒时的情绪。他全诗的意思，是说人们在发怒的时候，须要忍耐，不可轻发，只消等到怒气一平，依旧是心地光明，十分快乐。如风雨之后，天气依然是清明的。我们把他的诗这样看，就知道他是说理了。就可以看出宋儒的哲理诗是怎样了。

以外两首，也应该如此一样的看法。举一反三，读者自己可以明白，不用我多说了。

六、将来变化的推测

自从西洋的哲学，输入中国以后，中国的思想界，已经发生大变化。那么影响到诗歌，当然也要发生变化。不过，将来的变化，

第二章　因哲学关系而发生的变化

是不很大的。为甚么呢？因为有两个原因：一则西洋的哲学，偏于求知，范围太狭，和文学接触的机会很少。二则哲学和文学的界限太严，很不容易把彼此不相安的融化而为一。因此我敢说，将来他和文学所发生的关系，虽不能说完全没有，但是不十分深的。

Chapter
第三章

因政治关系而发生的变化

第三章　因政治关系而发生的变化

一、总　论

一国的政治良不良，和人民的生活，发生密切的关系；而诗又是人民生活的表现，那么，政治和诗歌的关系当然很大。

中国的历史，虽然有几千年之久，但是在民国成立以前，所谓政治，不是以人民为主体，是以皇帝为主体，皇帝好，政治清明，谓之治世，皇帝不好，政治紊乱，谓之乱世；所以政治的变化，不外乎一治一乱，此外，便是被外国人❶的武力压迫，呻吟于铁骑蹂躏之下，

---
❶ 此处作者用"外国人"指称当时汉族之外的其他民族。——编者注

如南宋以后的蒙古人侵入，明以后的满洲人侵入便是。

因此，在诗歌里，因政治而发生的变化，不外乎下列的三种：

（1）治世的歌颂；

（2）乱世的呼吁；

（3）外族压迫下的呻吟。

一治一乱，反覆无常，所以，诗歌上的变化，也是一反一覆，并不是由一个系统变化下来的，也不是有甚么新的思潮加入而发生变动的。

二、治世的歌颂

前面已经说过，中国的政治，是以皇帝

第三章　因政治关系而发生的变化

为主体,遇到好皇帝,大家过太平日子,那么,当然要感激他的"皇恩浩荡",做些颂扬的诗。

不过在政治上说,这样的时代,总可算是好的;而在文学上说,这样的文学,却完全没价值。因为文学这东西,是含有刺激性的,越是受压迫,诉痛苦的文学,所含的刺激力越大,而感人越深。歌功颂德的诗,当然没有多少刺激性,当然感动人的力量不大。清代赵瓯北题吴梅村的诗集道:

> 国家不幸诗人幸,说到沧桑句便工。

就是这个意思。反转来说:国家幸,诗人就不幸了。所谓诗人不幸,换一句话说,就是做不出好诗。

治世的诗,当然是不好,但是我们研究诗歌的人,和赏鉴诗歌不同,不管他好不好,都是我们研究的资料。所以在这里也把他拿来说一说。

这一类的诗，照旧说相传，是以尧时的《击壤歌》为最早。但是，这一首诗，在今日，无论何人，都知道他是假的。那诗道：

> 日出而作，日入而息。凿井而饮，耕田而食。帝力于我何有哉！

这首诗，当然是假的，但是，我们可以从假诗中，看出这一类的诗的大概情形。

此外可信的，《诗经》中的国风，有"正风""变风"之别，正风，就是治世的诗，变风，就是乱世的诗，雅，也是如此。至于颂，就都是治世的诗了。

汉以后，每一个朝代，时期稍长的，如唐，如宋，如明，在开国之初，或中兴之际，

第三章　因政治关系而发生的变化

都可称为治世。产生在那个时期的诗歌，都含著歌咏太平的意味。等于《国风》中《风》《雅》的，如北宋之初李昉的《禁林春值》云：

疎帘摇曳日辉辉，直阁春深半掩扉。一院有花春昼永，八方无事诏书稀。树头百啭莺莺语，梁上新来燕燕飞。岂合此身居此地，妨贤尸绿自知非。

前清盛时陈袤的《山行》云：

山行风暖落花轻，雨过田间野水鸣。自笑微官如布谷，年年三月劝春耕。

又汪绎的《田家乐》云：

短篱矮屋板桥西，十亩桑阴接稻畦。满眼儿孙、满檐日，饭香时节午鸡啼。

等于诗经中《颂》的，就要算汉、唐以来的乐府了。乐府始于汉武帝，武帝命文人和乐工，合作诗歌，谱入弦管，那些乐章，无非是歌咏太平，或纪念战功，或纪念特别的事情，等等。例如汉大始三年，行幸东海，获赤雁，就作《赤雁歌》云：

象载瑜，白集西。食甘露，饮荣泉。赤雁集，六纷员（音云）。殊翁维，五彩文。神所见，施祉福。登蓬莱，结无极。

自汉以后，晋、唐各代，都有这样的乐章。例如晋《郊庙歌辞》之一云：

宣文蒸哉！日靖四方。永言保之，夙夜匪康。光天之命，上帝是皇。嘉乐永荐，灵祚景祥。神祇降遐，享福无疆。

以上两例，是国家命文人制定的乐章，仿佛如今日的国歌。此外也有文人私制，如唐代的柳宗元、宋代的姜夔，都有。不过没有

第三章　因政治关系而发生的变化

由国家正式的颁布,那就和今日私人自拟的国歌,而未经教育部正式公布的一样。

总之,治世的颂歌的本身,在文学上的价值有限,好的作品,当然极少,所以我们这也不多说了。

三、乱世的呼吁

国家昏乱,政治不良,人民直接所受的痛苦,就是烦征、重敛。人民被压迫不堪,把他们心底里的悲痛,充分的说出来,就成为这一类的沉痛的呼吁。在《诗经》里如《魏风·硕鼠》之一云:

硕鼠!硕鼠!无食我黍。三岁贯汝,莫我肯顾。逝将去汝,适彼乐土。乐土!乐土!爰得我所。

又如《唐风·鸨羽》三章之一云：

肃肃鸨羽，集于苞栩。王事靡盐，不能艺稷黍。父母何怙！悠悠苍天！曷其有所！

前一首，是作者困于贪残之政，托言大鼠害己，欲去祖国，而至他邦。后一首，是人民久从征役，不得耕田以养父母，呼天自诉。无非是乱世人民流离失所的写照。《诗经》中如这一类的诗极多，但他们所表现的，都不出这个范围以外，我也不必多举例了。

汉以后的文学，都变了贵族的文学，所以汉、魏南北朝，未尝没有乱离的时候，但是，文学作品中绝不听见有这样的平民的呼声。

直到唐朝的杜甫、白居易，才以文人而代替平民呼吁。杜甫生当天宝乱时，眼见的战争的痛苦，都把他很忠实的描写出来。他

第三章　因政治关系而发生的变化

的三别、三吏,尤为著名。三别,是《新婚别》《无家别》《垂老别》。三吏,是《新安吏》《潼关吏》《石壕吏》。现在各录一首如下。

《垂老别》云:

四郊未宁静,垂老不得安。子孙阵亡尽,焉用身独完!投杖出门去,同行为辛酸。幸有牙齿存,所悲骨髓干。男儿既介胄,长揖别上官。老妻卧路啼,岁暮衣裳单。孰知是死别,且复伤其寒,此去必不归,还闻劝加餐。土门壁甚坚;杏园度亦难(按土门、杏园皆地名)。势异邺城下,纵死时犹宽。人生有离合,岂择衰老端。忆昔少壮日,迟回竟长叹!万国尽征戍;烽火被冈峦。积尸草木腥,流血川原丹。何乡为乐土?安敢尚盘桓!弃绝蓬室居,塌然摧肺肝。

《石壕吏》云:

暮投石壕村，有吏夜捉人。老翁逾墙走；老妇出看门[1]。吏呼一何怒！妇啼一何苦！听妇前致词：三男邺城戍。一男附书至，二男新战死。存者且偷生，死者长已矣！室中更无人，惟有乳下孙。有孙母未去，出入无完裙。老妪力虽衰，请从吏夜归！急应河阳役，犹得备晨炊。夜久语声绝，如闻泣幽咽。天明登前途，独与老翁别。

我们读了这两首诗，可知道天宝乱离时人民所受的痛苦了。

白居易的时代，虽然比杜甫略好一些，但也是衰世，不是盛世。所以他的诗集中，有一部分"讽喻诗"，也都是替人家呼吁的。其中《新乐府》五十首，《秦中吟》十首，尤为著名。因此，今日的新诗人，都称他为"社会文学家"。《新乐府》是说国家不好的政治，

---

[1] "出看门"又作"出门看"。——编者注

第三章　因政治关系而发生的变化

《秦中吟》是说社会上不好的风俗。由所谓朝廷而推广到社会，白居易似比杜甫又要进一步了。今录数首为例如下。

《新乐府》中的《新丰折臂翁》云：

新丰老人八十八，头鬓眉须皆似雪。玄孙扶向店前行，左臂凭肩、右臂折。问翁臂折来几年？兼问致折何因缘？翁云：贯属新丰县，生逢圣代无征战。惯听梨园歌管声，不识旗枪与弓箭。无何天宝大征兵，户有三丁点一丁。点得驱将何处去，五月万里云南行。闻道云南有泸水，椒花落时瘴烟起。大军徒涉水如汤，未过十人二三死。村南村北哭声哀，儿别耶娘、夫别妻。皆云前后征蛮者，千万人行无一回。是时翁年二十四，兵部牒中有名字。夜深不敢使人知,偷将大石锤折臂。张弓簸旗俱不堪，从兹始免征云南。骨碎筋伤非不苦,且图拣退归乡土。此臂折来六十年，一肢虽废一身全。至今风雨阴寒夜,直到天明痛不眠。痛不眠,终不悔。且喜老人今独在。不然当时泸水头,身死魂飞骨不收。应作云南望乡鬼,万人冢上哭呦呦。老人言,君听取,君不闻开元宰相宋开府,不赏边功防黩武。又不闻天宝宰相杨国忠,欲求恩幸立边功,边功未立生人怨,请问新丰折臂翁。

《秦中吟》中的《买花》云:

帝城春欲暮,喧喧车马度。共道牡丹时,相随买花去。贵贱无常价,酬值看花数。灼灼百朵红,戋戋五束素。上张帐幄庇,旁织笆篱护。水洒复泥封,迁来色如故。家家习为俗,人人迷不悟。有一田舍翁,偶来买花处。低头独长叹,此叹无人喻。一丛深色花,十户中人赋。

《秦中吟》中的《伤宅》云:

第三章　因政治关系而发生的变化

　　谁家起甲第？朱门大道边。丰屋中栉比，高墙外回环。累累六七堂，檐宇相连延。一堂费百万，郁郁起青烟。洞房温且清，寒暑不能干。高亭虚且迥，坐卧见南山。绕廊紫藤架，夹砌红药阑。攀枝摘樱桃，带花移牡丹。主人此中坐，十载为大官。厨有臭败肉，库有贯朽钱。谁能将我语，问尔骨肉间。岂无贫贱者，忍不救饥寒。如何奉一身，直欲保千年。不见马家宅，今作奉诚园。

　　《秦中吟》所写的，是社会上不好的风俗，为甚么认他和政治有关，而放在本节里讲呢？因为风俗和政治有密切的关系，政治好，风俗自然好，风俗不好，也就是因为政治不好。所以读了白居易的《秦中吟》，可以知道当时候政治的腐败，也可以断定当时是衰世，而不是盛世了。

　　以后每遇乱世、衰世，诗歌中往往有这

一类的呼吁的作品。但是，他们的范围，总不能出杜甫、白居易之外。

人民生在乱世，当然要受到切身的痛苦，受了痛苦，当然要发表出来。但是，在中国却有两个特点，我们不可不注意。

其一，是文人代平民呼吁，而不是平民自己直接的呼吁。这个惟一的原因，就是平民教育不普及，一般的人，有了痛苦而不能用文字发表，必须借重于文人。假使当时候没有这样的文人，那就默默无声了。所以南北朝及五代诗，没有这样好的乱世的诗歌。

其二，这种诗，只是消极的呼吁，而不是积极的奋斗。所以诗只管做得好，和社会国家不能发生甚么关系。唯一的原因，还是受了温柔敦厚的影响，人民都很忠厚和平，而失却奋斗之力。

第三章　因政治关系而发生的变化

以上两点，确是值得注意的。第一点，可说是缺点。第二点，究竟如何，问题不是简单的，是复杂的。因为不能和贪官污吏奋斗，当然是不好；然忠厚待人，又不能说是不好。这个问题，很难解决。但是，他不在本书范围以内，所以我也不多说了。

四、外族压迫下的呻吟

中国人受外族的压迫，在今日的帝国主义以前，已经有过三次了。第一次，是晋朝的"五胡乱华"，接着是南北朝，把半个中国，被外国人占了去。第二次，是宋代金人南侵，接着被蒙古人到中国来做了八九十年的皇帝。第三，就是明末的满洲人，趁着中国的内乱，打入山海关，来享了二百多年的福，直到最近十七年前，才把宣统赶退了位，改建成中华民国。每一次外族侵掠进来的时候，当然是逼着他们的武力，任意杀戮，我们汉人所受的痛苦，当然很深。在诗歌中，这种呻吟叹息的声音，当然是有的。

不过，在晋、南北朝时，却不多见，不知何故。宋末和明末，就很多了。宋末著名的对于外族侵掠抱不平的诗人，就是陆游。只读他的诗，就可以知道。如《醉歌》云：

读书三万卷，仕宦皆束阁。学剑四十年，木血未染锷。不得为长虹，万丈扫寥廓。又不为疾风，六月送飞雹。战马死槽枥，公卿守和约。穷边指淮泚，异域视京雒。吁乎此何心！有酒吾忍酌！平生为衣食，敛版靴两脚。心虽言是非，口不给唯诺。如今老且病，鬓秃牙齿落。仰天少吐气，饿死实差乐。壮心埋不朽，十载犹可作。

又《关山月》云：

第三章　因政治关系而发生的变化

和戎诏下十五年，将军不战空临边。朱门沉沉接歌舞，厩马肥死弓断弦。戍楼刁斗催落月，三十从军今白发。笛里谁知壮士心，沙头空照征人骨。中原干戈古亦闻，岂有逆胡传子孙。遗民忍死望恢复，几处今宵垂泪痕。

陆游像这样的诗很多，所以近人称他为"亘古男儿一放翁"，不是无故。此外如谢翱、邓牧、郑思肖，比放翁更后，眼见得国破家亡，欲哭无泪，所以他们的诗，乃由放翁的慷慨激昂，一变而为呻吟哽咽了。如谢翱的《秋日拟塞上曲》云：

落日燉煌北，妖星太白西。凉风吹沙碛，帐下玉人啼。吹沙复吹草，嘶马未知道。醉后闻塔铃，胡天忽如扫。野驼寻水向月行，露下胡儿食秋枣。

又如他的《哭肯斋李先生》云：

落日梦江海，呼天野水涯。百年唯此死，孤剑托全家。血染楚花碧，魂归蜀日斜。能令感恩者，狼藉慰荒遐。

又他的《过杭州故宫》二首之一云：

紫云楼阁燕流霞，今日凄凉佛子家。残照下山花雾散，万年枝上挂袈裟。

又《重过》二首之一云：

隔江风雨动诸陵，无主园池草自春。闻说就中谁最泣，女冠犹有旧宫人。

此外汪元量的《水云诗》，多记亡国之事，最著名的有《湖州歌》九十八首，如云：

长淮风定浪涛宽，锦棹摇摇上下湾。兵后人烟绝稀少，可胜战骨白如山。

第三章　因政治关系而发生的变化

又云：

两淮极目草芊芊，野渡灰余屋数椽。兵马渡江人走尽，民船拘敛作官船。

以上是宋末遗民因颠连于外族铁骑之下的呻吟。明末的情形，也恰和宋末一样。所以明末遗民的诗歌，也是如此。今录吴伟业《题菖蒲石寿图》两首为例如下：

白发禅僧到讲堂，衲衣锡杖拜先皇。半杯松叶长陵饭，一炷沈烟寝庙香。有恨山川空岁改，无情莺燕又春忙。欲知遗老伤心处，月下钟楼照万方。

甲申龙去可悲哉！几度东风长绿苔。扰扰十年陵谷变，寥寥七日道场开。剖肝义士沈沧海，尝胆王孙葬劫灰。谁助老僧清夜哭，只应猿鹤与同哀。

五、将来变化的推测

中国诗歌，因政治而发生的变化，大概如此。如今引《乐记》上的几句话，并以前引各诗为证，来作这一章的总结束。《乐记》云：

> 凡音者，生人心者也。情动于中，故形于声，声成文，谓之音。是故治世之音安以乐，其政和。乱世之音怨以怒，其政乖。亡国之音哀以思，其民困。声音之道，与政通矣。

我们把上面三节所引的诗，来证明这话，那么，北宋初年李昉的诗，可算是治世之音安以乐了。白居易和陆游的诗，可算是乱世之音怨以怒了。谢翱、吴伟业的诗，可算是亡国之音哀以思了。

第三章　因政治关系而发生的变化

我们从过去以推测将来,总不外乎这个公例。惟有一层应该注意,以前的治世,以君主为主体,以后的治世,以人民为主体,确是不同之点,然治世之音安以乐,总是一样。我们离开文学而言政治,当然希望中国太平,世界大同;但是,真到那时候,诗歌的确是要退步的。我们虽然爱诗歌,却也不得不让诗歌被牺牲了。

编后记

胡怀琛（1886~1938），原名有怀，字季仁，后改寄尘。胡朴安之弟，泾县溪头村人。厌恶科举，入上海育才中学（南洋中学）就读，后成为南社成员，与柳亚子交好。毕业后，先后任《警报》《神州日报》《太平洋报》《中华民报》等编辑，在新闻界颇有名声。又曾执教于中国公学、沪江大学、正风学院等，教授中国文学史、中国哲学史等课。又在商务印书馆任编辑，参与改革初等、中等学校教科书编选工作，曾任商务印书馆《小说世界》编辑，后又参加《万有文库》古籍部分编辑工作。胡怀琛一生勤于选编、撰写和著述，涉及文学史、哲学、经学、佛学、考据学、地方志、诗歌、小

编后记

说、传记、评论、杂记等，主要著作有《国学概论》《墨子学辨》《老子学辨》《文字源流浅说》《中国文学史略》《修辞学发微》《中国民歌研究》《中国小说研究》《中国戏曲史》《中国神话》《苏东坡生活》《陆放翁生活》等百余种。

《诗歌学 ABC》一书，对于中国诗歌的产生和发展历程、中国诗歌的形式及其旁支等做了一个比较完整的介绍和论述，语言通俗易读、深入浅出，内容短小精悍、观点鲜明，可以说是一本关于中国诗歌基础入门读物，不仅有益于民国时期的读者学习，而且对今天的读者具有启发和指导意义。

本社此次印行，以上海世界书局 1929 年版为底本。在整理过程中，首先，将底本的繁体竖排形式转换为简体横排，并对原书的体例和层次稍作调整，以适合今人阅读。其次，在语言文字方面，基本尊重底本原貌等。与今天的现代汉语相比较，这些词汇有的是词中两个字前后颠倒，有的是个别用字与当今有异，无论何种情况，它们总体上都属于民国时期文言向现代白话过渡过程中的一种语言现象，为民国图书整体特点之一。对于此类问题，均以尊重原稿、保持原貌、不予修改的原则进行处理。再次，在标点符号方面，民国时期标点符号的用法与今天现代汉语标点符号规则有一定的差异，并且这种差异在一定程度上不适宜今天的读者阅读，因此以尊重原稿为主，并依据现代汉语语法规则进行适度的修改，特别是对于顿号和书名号的使用，均加以注意，稍作修改和调整，以便于读者阅读和理解。最后，对于原书在内容和知识性上存在的一些错误，此次整理均以"编者注"的形式进行了修正或解释，最大可能地消除读者的困惑。

文 茜

2016 年 11 月